JN239629

遠藤周作 道化の涙

名もなき人の声を聴く

今井真理

河出書房新社

遠藤周作　道化の泪——名もなき人の声を聴く　†　目次

まえがき 7
第一章　留学——小説家として生きていく 14
第二章　初期短篇から見えるもの
——「砂の上の太陽」「沈黙の声」「アラベスケ」 27
第三章　人生の同伴者たち——「稔と仔犬」 46
第四章　遠藤文学における象徴——もう一人の登場人物 69
第五章　作品の種——「夜と霧」 88

第六章　「狐狸庵」と「遠藤周作」――ユーモアを考える　101
第七章　名もなき人の声を聴く――「無名のヴァイオリニスト」　108
第八章　遠藤周作の日記――貫かれた神への問いかけ　120
第九章　遠藤周作の戯曲――「善魔」について　134
十三番目の弟子――「あとがき」にかえて　156
〈遠藤周作　年譜〉　174

遠藤周作　道化の泪——名もなき人の声を聴く

まえがき

一八七一年五月、反乱軍対政府軍の攻防のなか、穴倉のような一室で一人の画家が生まれた。ジョルジュ・ルオー。

美術評論家の小川正隆は、ルオーほど人間の原罪を強く意識しそこから出発した画家は他にいないと述べた。その彼の作品を愛した作家が、遠藤周作である。遠藤は、なかでも、もっとも愛した作品はと問われたら「ほとんど躊躇なく私は、《デ・プロフンディス（深き淵より）》と題された油絵を選ぶだろう」と述べた。

ルオーの《デ・プロフンディス》には同名の二作品がある。版画集『ミゼーレ』のなかの一枚と油絵であるが、遠藤が心を惹かれたのは版画ではなく、一九四七年の油絵の方である。

その絵には寝台に横たわる男性と、背中を向けて跪《ひざまず》き祈る少年、傍に跪く女性が描かれ、窓の外からは黄昏の光が注がれ、なかを覗き込んでいるのか、人影も見える。そして壁には十字架がかかっている。

この絵に描かれた三人の男女には名前もない。夫と妻ではなく、たとえばそれは司祭と修道女かもしれないと遠藤は言う。しかし、彼にとってこの絵は、年老いた父の死とその家族を描いたものと映る。遠藤はここに「運命の受容」を見る。つまり、どうにもならない父親の死を大声で嘆くのではなく、それを静かに受けいれている彼等と、寝台の上にはその様子を見守るかのように十字架が描かれている姿に。

遠藤がこの絵に魅かれたのは「運命の受容」からだけではない。それだけならフラ・アンジェリコの「受胎告知」の乙女マリアにも、運命を静かに受け入れる姿勢がある。しかし、そこには、全て浄らかで宗教的な平安があり、「悪の影」がないという。作家が最も魅かれたもの、それは次の点にある。遠藤はこの絵に人間の哀しみを見たのである。

「《デ・プロフンディス》のそれには私たちがそこに自分を投影できる人間的な哀しみもまじっている。日々の労働の汗の匂いや疲れや怖れ、そのほかのすべての人間的な苦しみと臭いとを三人の男女から嗅ぐことができる。《受胎告知》の静かさはいわば聖なる世界の至福がおりなす平安だが《デ・プロフンディス》のそれは人間の臭いのする静寂と平安である」(「ルオーの中のイエス」)

遠藤が魅かれたのはそこに「すべての人間的な苦しみ」や「自分を投影できる哀しみ」

が存在するからである。

遠藤はかつて「私の文学」と題し、新宿や渋谷のどこにでもあるありふれた景色、そこでせわしなく生きている人々を「私の世界のなかでどう描写すべきか」と問いかけ、そして、こう続けた。

「だがもし神が存在するならば、それはグリーンの描くロンドンの裏町、モウリヤックの描くランドの風景だけに在るのではなく、神などとは全く縁遠いこの新宿、渋谷の街頭風景のなかにも見つけられる筈なのだ」

遠藤は多くの名もない人を描いてきた。日常の生活、スーパーのレジで並ぶ主婦、アルバイトに励む学生、愛する人が病に倒れどうか助けてほしいと祈る女性、遠藤はそういう人たちを描き続けた。そこには明確な一つの意図がある。それは、その名もない人たちが信じることのできる神の存在である。つまり遠藤の信じる神がその人たちにとって、たとえ神と認識されなくても、共に寄り添う存在にならなければ、遠藤の小説は成り立たないからである。

遠藤周作という作家を想う時、多くの読者はまず『沈黙』『侍』など純文学とよばれる書下ろし長篇を思い浮かべる。そこに描かれたテーマは勿論遠藤文学の真髄であり、間違いなくそれらの作品は彼の代表作である。

しかし、同時に遠藤周作は多くの短篇を描いてきた。その多くは約七年ごとに描かれた純文学を形成する短篇であった。たとえば『沈黙』、そこに至るまでの「雲仙」「最後の殉教者」などが挙げられる。しかし、作家の足跡をさぐると多くの短篇、あまり知られていなかった初期の小篇に、彼が描こうとした「人間の哀しみ」がひっそりと浮き彫りになっていることがわかる。

たとえば、一九六七年に発表された「アカシヤの花の下」。ここでは「私」の初恋の人探しがテレビの企画で行われた。私たちもかつて目にしたはやりのテレビ番組である。「私」は初恋の人として、幼い頃過ごした大連の幼友達を指名した。調査の結果、大連の幼友達は、その後、空襲で目を負傷し、さらに今では神経も病んでいることが判明する。物語の最後に「私」は大連に咲いていた思い出のアカシアの花を手に病床の彼女を訪ねる。彼女には弓子という一人娘もいる。もし母親でもある彼女が盲目にさえならなければ、今も幸せな暮らしをしていただろうと「私」は想像する。

面会当日、大連の子供時代を語る「私」に彼女は何の反応もしない。しかしかつて大連に咲いていていた、そのアカシアの花を彼女の顔に近づけた時の場面は読者の胸を打つ。

「その時、突然、今まで無表情だったその顔に、秋の夕映えのように、激しい感情の表れが見えた。そして確かに彼女はほほえんだ。まるで何か、うずもれていたものを探しあてたように……」

遠藤の小説のなかで「夕映え」「雪」「風」などが恩寵の徴として使われることは知られているが、多くの日本人の読者が、そこから「恩寵」や「聖霊」を読み取ることは難しい。しかし、先の場面には、ルオーの絵のようにどこかで見守るもう一人の存在が感じられる。病に苦しむ初恋の人を訪ねた時「私」は、これは決して特別なことではなく「誰にでもある、誰でも知っているあの光景」に思えた。一つ一つの話がたとえ自分と無縁の設定であっても、そのなかの一場面は、何処か見覚えのあるシーンなのである。その日常の光景のなかに遠藤は一人ひとりの人生を織り込んだ。どこにでもある風景であっても、それぞれの人にとって、かけがえのない風景、かけがえのない人物との「愛」のかたちがここには存在する。

また、同じく一九六七年に発表された「さすらい人」には軽井沢を舞台に、夫や子供とひと夏を過ごすための貸別荘を探す一人の女性が登場する。彼女はその別荘を見つけた翌日、碓氷《うすい》峠で車が転落し、死亡したという話が展開される。警察は事故死と判断したが、「私」は彼女から、そのことが起こる以前に自殺をにおわす手紙を貰っていた。その手紙を破り捨てた主人公は、このことは誰にも話さないと誓った。なぜなら、彼女は自分が錯覚したように「幸せな主婦」のままその生涯を終えるべきだと思ったからである。一見幸せに見える女性、一人の主婦の日常にどれほどの悲しみや辛さが存在するのか、それは誰にもわからない。この小説のなかで遠藤はこう呟く。

「人生には欺いたり悲しんだりしてもどうにもならぬことが多すぎる。誰を恨んでいいのかわからぬことが、有りすぎる」と。確かに、どんなに願っても、祈っても、悲しみからも辛さからも逃れることはできない時がある。しかし、その辛いこと、辛い人を通して、遠藤の神は語りかけるのである。

これらの短篇には大きなテーマは無いかもしれない。しかし、ここには、まさしく、新宿や渋谷の街で生きている名もない人たちの悲しみや、辛さが詰まった物語がある。そして、ルオーが描いた寝台の上から見つめるキリストの眼と同様に、これらの物語の背後に、その人たちを見つめる基督の視線が確かに存在する。

ルオーは力あるイエスは描かなかった。栄光のあるイエスも、威厳と知恵のあるイエスも。遠藤の描くイエス像もまた、みすぼらしい人間たちに寄り添う、そしてその無名の人間たちの哀しみや痕跡を通して語りかける。先に述べたように遠藤は「私の文学」で神がもしいるのなら、新宿や渋谷の街のなかにも存在するはずだと綴った。そして、さらに

「私のもの」では主人公・勝呂《すぐろ》を通して次のように述べた。

「窓から見える新宿の雑沓。信号をまっているバスや車。電気洗濯機の広告。春もの一掃の値引した靴屋の前に集まってきた女たち。そんなどこにもある日本のよごれた街のなかに「あの男」を、神の存在を見つけることができないならお前の小説はいったい何なのかと勝呂は思った」

こう述懐する勝呂は、遠藤周作そのものである。つまり彼の描く基督は我々の住んでいる街にこそ存在しなくてはならない。そしてそのイエスに触れたことで何らかの痕跡を受け、その人たちが人間と人間との繋がりだけではなく、神、言葉を変えていうならば自分の信じるものに人生をかけていく姿、愛を実践する姿に遠藤は神の復活を見るのではないだろうか。

第一章　留学——小説家として生きていく

一九五〇年六月四日、戦後初の公費留学生として一人の青年が横浜港からフランス、マルセイユへと旅立った。彼には明確な目的があった。日本対西洋、汎神論対一神論、「白」対「黄色」、そして「黒」という、人種の問題などを自分自身の問題としてとらえること。そして何より、アンドレ・ジイド、フランソワ・モーリヤックをはじめ、ジュリアン・グリーンなど宗教と文学の矛盾に苦しんだ作家たちを、彼らの作品が生まれた国、土壌で理解を深めることも大切な目標だった。

遠藤周作は帰国後の自身の姿を想定していた。それは大学の研究室に残ること。つまり学者として、または評論家として生きていくということである。しかし、この船旅の最中、彼はある決心をする——小説家として生きていく。

彼にとって待ちに待ったこの船旅は、想像をはるかに超えた、過酷なものであった。敗戦国民である日本人はマニラ、シンガポールなどの寄港地では、住民感情を考慮し、下船を許されなかった。そのマニラで見たものは焼け爛《ただ》れた日本護送船の残骸だった。「むなしく死んだ学徒出陣の友だちの屍が、あの薔薇色のマニラ湾に何かを歎きつづける限り、また、コロンボの白い街で、英国の少女が無邪気にまぶしい日の光のなかで笑えるのに、マレー人の少女はぼくにまで金を乞わねばならぬ、そうした不合理な状態が世にある限り、ぼくはぼくだけが、シェークスピアやラシーヌにとりすがっているわけにはいかぬ。現代の青年の一人として、この時代のかなしみや苦悩を他の人と共に背負わねばならぬ」(「赤ゲットの佛蘭西旅行」)

海の底には自分と年の違わぬ多くの若者が沈んでいた。遠藤は彼らの無念さ、声なき声へ思いを募らせた。寄港地で留学生たちは甲板に並ばされ、兵士たちの険しい視線を浴び、尋問を受けた。上陸を許されたサイゴン、コロンボでは、金を乞う幼い子供の姿があり、船艙に戻れば船酔いの自分を見舞ってくれた黒人の兵士や、腫れ物ができた子供を抱えながら夏蜜柑をくれた貧しい中国人の母親がいた。これらの人々は青年遠藤に強烈な印象を与えた。そしてマルセイユに着く数日前、朝鮮で戦争がはじまったニュースを夜の甲板できいた時「私は自分が大学の研究室に残るのはやめようと思った」(「出世作のころ」)と記し、そして、こう誓った。自分はこれから「かなしみや苦悩を他の人と共に背負わねばならぬ」と。

この時示された決意、名前も知らない彼らを見棄てず、その悲しみに心を寄せ、苦しみを共に背負うことはのちの遠藤文学の柱となる。

遠藤周作は初期評論「カトリック作家の問題」でもうひとつの覚悟を述べている。カトリック者は絶えず、闘わなければならない、闘う相手は自分自身であり、罪や悪魔だけではなく神にたいしても同様であると論じた。つまり、「カトリック文学は神や天使を描くのではなく、人間を、人間のみを探求すれば、それでいい。（中略）カトリック作家は、作家である以上何よりも人間を凝視するのが義務であり、この人間凝視の義務を放擲《ほうてき》する事はゆるされない」と。

罪や悪を凝視しつつ、罪を犯す人間を見つめ、カトリック作家としては困難ではあってもそこに共感を感じる、この姿勢もまた、初期評論の時から変わらない遠藤文学の柱である。

留学時代、遠藤周作は時を惜しむかのように勉学に励む。学んだフランス文学は自らの文芸作品のなかに生かさなくてはならない。日本人の心には善も悪もないという汎神的土壌のなかに生きてきた青年にとって、人間の内部、魂にふれる西洋の文学は憧れであった。

最もひきつけられた作家はモーリヤックであり、ジュリアン・グリーンであった。たとえばグリーンの『宿命《モイラ》』についてふれた箇所は若き遠藤の心が語られる一節である。

「『ぼくは神にふれたい。神のしるしを見たい』とジョセフは絶叫しますが、それは、とりもなおさず、カトリシスムに再接近しだした頃のグリーンの苦しみだったと思います。人間の運命が、宿命的な魔力にひきずられているこの地上にあって、彼等の心からの叫び、訴えに、神は何故、押し黙っていられるのか。その永遠の沈黙がある限り、よし、神があっても、この地上は『宿命』の世界である」（「情欲の深淵――ジュリアン・グリーン」）

初期評論で繰り返された罪や悪、そして神の存在すら感じない日本人の心や、神の声を聞きたい、という願いは『沈黙』に至るまでかわらない。そして何より、この留学で見つめたもの、それは神だけではなく、人間、ありふれた日常を生きる人間たちの哀しみであった。

それは初期評論である「宗教と文学」についてふれた「日常的なものと超自然的なもの」からもうかがえる。第三の新人と呼ばれた仲間、その彼らからは「日常的なもの」の大事さを教えられたと述べ、そして、遠藤文学のヒントを自らこう明かした。「私はこうした日常的なもの、日本の日常的なものの中に私の信仰する基督教的な神の投影がいかようにあるかを描きたいと思う」と。勿論その困難さを作家は一番理解している。たとえばモーリヤックならランド地方の日常性から読者は神の存在を見出すことができる。またグレアム・グリーンならロンドンの日常的な事物、たとえば「バザーで売りだされる菓子を描きながらそこから神的なるものと超自然的なものを掘りさげていく」ことができるのである。しかし、と彼は問いかけた。果たしてキリスト教的伝統に乏しい日本の風土のなかで、如何に海外の作家たちのように神の投影が可能になるのか。次に示された一文には、遠藤周作の祈りにも似た決意が綴られている。
「本当にふかい信仰があれば、我々はこの一見、根のない日本の日常性のなかにも神が存在することを鮮やかなイメージとしてとり出せる筈」であると。この点こそが、後に遠藤文学の核となっていく。

パリ、マルセイユに続く第三の都市リヨン。遠藤はリヨン・カトリック大学に入学し、学生寮に入寮した。後の章で詳述するが、霧深いこのリヨンでの孤独な生活は『フランスの大学生』をはじめ多くの作品を通して描かれている。ここには、かつて遠藤が憧れた永井荷風の『ふらんす物語』に描かれた美しい街、リヨンは存在しなかった。「悪魔的《ディアボリック》な街」と呼ばれたリヨンで遠藤の心を打ち砕いたものは、街中に残されていた戦争の傷跡だった。たとえば、「一九四三年、ゲシュタポ（独逸《ドイツ》秘密警察）が、この建物の地下室で拷問を行った」という文字が壁に彫られた古い建物を目にした日もあった。今は物置になっている地下室、そこではゲシュタポだけではなく、彼らに協力した同胞を、フランス人もまた拷問した。さらにこの街には、手に古い傘を持ち、戦地から帰ってこない夫を待って何時間も停留所で立ち尽くす中年の女の姿や、路上には、しわがれた声で童謡を歌う狂人の老婆の姿があった。

初期のエッセイ「フランスの街の夜」には当時の遠藤の複雑な思いが描かれている。つまり、旅人にはわからない、そこで暮らした者のみ知ることができる想いが語られた。そこにはフランスに存在する、悪の根源と聖なるものが混在する姿があり、フランスの魅力の背後には「時代のくるしげな翳、何かもっと人の心に迫る人間の永遠の悲しみといったものがかくれているように思われます」（傍点引用者）と述べた。

思えば彼は「人間の永遠の悲しみ」を描き続けた作家と言える。つまり、この「人間」とは本作でも描かれた次のような人たちである。

「街を歩いていても、そうした各人がおのがじし、負わねばならなかった重い十字架をそこに刻んだ表情をぼくは毎日、見つけるのでした。夕暮にふとすれ違ったありきたりのフランス女のまぶたや唇の皺にも、彼女の人生の潮が嚙んだ砂の痕、ある夜、自分も亦《また》、なめねばならなかった辛い愛の孤独の塩を残していました」

そしてフランスの魅力について「どんな小さなものにも、人間の魂の投影が映しだされ、そこにぼく等《ら》が、生のながれ、運命の砂丘の痕といったものを、しみじみと味わわされる所にフランスのうつくしさがあるのではないか」と記した。

そんなある日、リヨン大学生であった遠藤周作はジャン・ラクロワ教授の家を訪ねていた。一九五一年のことである。彼の日記を参照すると何度も教授宅を訪れているので、正確な日にちはわからない。が、その日、青年は教授宅の机の上にあった詩稿に目をとめる。「夢につつまれた冬もいまはめぐってこぬ」から始まるその一篇が、一人の作家をとらえた瞬間である。

著者はランツベルク。彼は一九〇一年、西独のボン市に生まれた。当時の彼について遠藤周作はこう記している。

「ボンの街で彼が呼吸したものは人間の死の匂い、悲惨の匂い、肉慾の匂い」であると。ランツベルクは、当時ナチ党が権力を握りはじめたなか、一人のドイツ市民として抵抗した。彼はその後スペインに逃走したが、結局はナチの手に捕らえられた。人間性を無視した生き方をするのか、自身が自ら命を絶っても人間としての尊厳を守るべきか考え続けた彼が、その環境のなかでも、生きることにはきっと別の意味があることを見出していく。

その過程を遠藤周作は次のように描く。

「熱のある身で私はこのエッセイを読み、死について幾らかでも学ぼうとした。ランツベルクは我々が死の彼岸になおも求める人格の永遠の希願《エスペランス》を、人間の本質とし、これをはかない幻望《エスポワール》としりぞけるハイデッガー等に反対している。この論文を通してランツベルクは宗教的世界の一歩前まで前進したのである」

私たち読者にはランツベルクは耳慣れない、遠い存在かもしれない。だが、ランツベルクに出会った頃の青年はその翌年喀血し、リヨンの安宿の屋根裏部屋で確かに「死の恐怖」に苦しんでいたと告白する。しかし、体の異常は前年からすでに始まっていた。当時の日記、一九五一年十二月一日には「J・ラクロワ教授」の家に行った様子が書かれており、その二日後の三日には「血たんが出る」と記され、年末には連日血痰が出たことが綴られている。

「血痰はつづく。あと十年だけでも生きたい。このままで死にたくないのは、まだ、この地上がこの世界がどういうものかわからないからだ。／自分が何のためにこの地上で働かねばならぬかをやっと、みつけた所なのだ。あと十年だけでいいから生きたい」（十二月二十三日）

「病気、孤独、たったそんな事にも耐えられぬ程、卑怯な弱い男なのか……」（二十四日）

「血痰続く。血痰をみるごとに、ぼくは、自分の死をそこに発見する」（二十六日）と続く。

そして翌年一九五二年六月、相当量の血痰を吐いた青年は「帰国を決意す」（六月十三日）と記した。その青年遠藤がランツベルクにふれた時の言葉は読者の胸を打つ。

「私はこの本を読み終わった黄昏を忘れえない」

遠藤周作は、もし小説が、読者の心をうつとしたら、それは読者の持っている無意識の原型と作者の原型が同じで、読者のそれを「揺さぶった」からだと記した。この時、ランツベルクの原型は作家の原型を揺さぶったのだろうか。ナチの追及のなか自ら毒を取ることを考え続けたランツベルクが「生きることは十字架を背負う事なのだ」と書き、飢えも寒さも引きうけ、衰弱のため収容所で最期を遂げたことは作家の心に一条の光を届けたのだろうか。人間の底に沈む「無意識の領域」は留学を経て、一層遠藤周作の心に広がり続けた。そして多くの無名の人間たちが悲しみを抱えながらも生き続けた姿を、遠藤文学は確かにとらえている。

初期の遠藤周作には様々なジャンルのエッセイ、例えばマルキ・ド・サドについては「サドはワイセツか」をはじめ、なぜ、サドに関心があるのかを語る「獄中作家のある形態――サドの場合」など、「罪」という、言葉では語ることが困難なものの正体をサドを通して探る姿などが描かれている。そのほか多くのチャンネルを持つ遠藤周作という作家が描く世界には、当然のことながらさまざまなテーマが存在するが、そこには共通するテーマがある。神の問題は勿論のこと、数々の小説で描かれた「同伴者」としてのイエスであり、「母なるもの」への想いなどである。しかし、もう一つ、これらのエッセイには遠藤の「名もない人」への愛情が感じられる。人生のなかで一人の人間が出逢うことができる人数は限られている。そのほんの一コマふれあった人たちのなかに、遠藤の描く「イエス」の存在をいかに届けるかが遠藤文学のひとつの意味である。

遠藤にとっての留学生活は約三年で終止符を打つ。すでに渡仏一年後の日記には、思うようにいかぬ体の様子や死への恐怖が日々綴られていたことは先に述べた。「あと十年だけでも生きたい」と告白した青年は、翌年には「生きるとは、何とくるしい事」（一九五二年五月二十日）とも記している。

その過酷な留学も帰国が近づき、治療と休息のためにコンブルー療養所を訪れた後、彼はリヨン、そして巴里へと向かった。そこでノートルダム寺院を訪れた時の描写に、心惹かれる一節がある。

「シャルトルやブールジュに遜色のないステンドグラスから洩れる微光がほの暗い内陣を

ほのかにそめて、聖母に捧げる蠟燭の炎が、点のように照らしている。／内陣の椅子にすわり、ぼくは冷えた黝《あおぐろ》いドームをじっと凝視していた。一人の中年の男と、学校がえりらしい女学生が祈っていた。／信仰する事は如何に難しい事か。（中略）／ぼくが教会を愛するのはそこに来る庶民の顔なのだ。その庶民の祈る顔には司祭や神学生の自信ありげな、独善的な強さがない。彼は悲しげに祈る。彼は人間の悲しさを知っている。そのようなカトリシスムをぼくは如何に愛するか……」（「滞仏日記」一九五二年十月十八日）

神の不在を嘆き、疑心が生まれた日もあった。それでもなお、悲しみの向こうにあるものを信じ、彼もまた教会の内陣のなかで祈り続けた。名もない人を描く意味はそこにある。彼らにとってできる唯一の行為は、悲しみに向かって、それを一人抱えながら、祈ることだけであった。

「祈る」ということを思う時、一人の男性の話を思いだす。鞄から一通の手紙を取り出し、話してくれた日のことを、数十年を経た今も忘れることはできない。定かではないところがあれば、お許しいただきたいが、後に彼は「遠藤先生のこと」と題し、当時の思い出を綴っている。

一九六九年、遠藤周作は米国政府に招かれてひと月ほどアメリカに滞在した。当時米国国務省に勤務していたO氏が案内役を務めた。O氏は後に遠藤が日本ペンクラブの常務理事を務めた時には、同クラブの事務局長を務めた。二人はニューヨークで毎日のように一緒に芝居を観に行き、遠藤はこまめにノートにメモを取っていたという。彼は遠藤の行動力、そして洞察力に魅了された。ところがある日、思いもかけぬことがおこる。O氏の幼い息子が病に倒れ、急遽、彼の妻と息子は治療のため帰国を余儀なくされた。一人アメリカに残ったO氏も帰国の準備をしていたが、間に合わず、その死を看取ることはできなかった。

病院にも駆けつけ、子供の手を握ったという遠藤から、すぐにアメリカの彼のもとへ、一通の手紙が届いた。その手紙にはこう書かれていた。街に出ればどこかに尖塔が見えるだろう。どこでもいいので見えた教会に入り、祈りなさい。祈るということは偽善的なことではない。「死んだ人、君が愛していたものと話をかわすことのできることだ」と。

遠藤は日記に、祈りについて、こう記している。

「祈りとは、決して手をくみあわせ、跪ずくだけの姿勢ではない。人は働きつつ、祈る事が出来る」（一九五二年五月十五日）

フランスで学位論文を提出し、研究者を目指した時期もあった。しかし、その道には進まず小説家として生きていく、そう決心し大きな節目となった青年時代。以後、遠藤が見つめ続けたものは、名もない人たちの存在だった。フランス時代に見つめた彼らの悲しみや苦悩は、その後も様々なかたちで描かれた。誰しもが他人には見えない悲しみを抱えて生きている。その悲しみを通して、犠牲を通して、一人ではないことを語りかけてくるイエスの存在こそが、遠藤の描く「哀しみの連帯」である。

第二章　初期短篇から見えるもの
――「砂の上の太陽」「沈黙の声」「アラベスケ」

遠藤周作は初期に多くのエッセイや短篇を描いている。そのなかで次の三篇について順次論じていきたい。

「砂の上の太陽」――赤い太陽を求めて

この作品は一九五八年『月光のドミナ』（東京創元社）の初版本に収録された。

「砂の上の太陽」は主人公千葉が、留学からの帰国途中、友人であるロビンヌ神父をジブチに訪ねるところから始まる。千葉はその十年前に空襲の最中、人々が次々死んでいくまさにその時に、女を犯した。なぜそんなことをしたのか、自分でもわからないその感情に彼は長い間捉えられてきた。舞台となったアフリカの地では、黒人農民による暴動が起こり、領主の家が焼きうちにされた事件にゆれていた。ここにひそやかに「善魔」が登場する。善魔については後の章で詳しく論じる。焼きうちの犯人探しが始まるなか、ロビンヌ神父はこの暴動の首謀者をひそかに匿《かくま》っていた。そのことが事態を一層悪化させていた。いずれ捕まることのわかっている、焼きうちをした犯人たちを、なぜ神父は匿うのか、そう問いかける千葉に神父は言う。

「どうせ一週間ぐらいで彼等は掴まるだろう。けれども、だれもが助けなかったより、一人の白人が助けたということだけで、彼等は、その後、生きる方向をかえるだろう。（略）僕は司祭として、その芽を切りとりたくないんだ」

千葉にはロビンヌ神父の行為が自己満足に思えた。しかし、その時、神父の行為を認めない千葉もまた、身動きができない自分自身にこう呟いていた。

「ロビンヌはいつもこうだ。彼は起きあがり、歩き、劇を創れる。けれども俺は——（略）あの黄昏、ひとびとが呻き、傷つき、死んでいった瞬間さえ、女を犯していた俺。俺にはあの時どうしても動けなかったのだ。動く意味、劇を創る意味が、頭では、わかっても、俺には実感できない」

この作品には、この千葉を通して、日本人の罪意識の不在についても問われている。誰が死んでもどうでもいい、そんな感情に恐怖すら抱いている千葉。

「突然、その時、千葉は胸にえぐるような恐怖を感じた。それは誰かが傷つき、死んでいる今、おのれは情慾の惰性で女を犯しているという良心の苛責でも後悔でもなかった。それは恐怖や良心の苛責を、いつか感じなくなった自分と、それを亦、ぼんやりと他人事のように眺めている別の自分とを包む、この恐しい静かさのためだった……」

人の死に全く無縁のように過ごせることの恐怖、隣で人が死んでも何も感じない、そんな自分がいるとしたらどれほど恐ろしいことだろうか。それは千葉という個人の問題ではなく、黄色い人、日本人の、罰は怖れるが罪を恐れない欠如した感性の問題ではないかと作者は問いかける。

また、本作品のなかで注目したい点がある。それは「色」についての箇所である。「色」というのは勿論人種を示しており、遠藤周作が留学を経てなお一層自分の問題としてとらえてきた点である。越えられない人種の壁、そして西洋の一神教、それに対する日本人が掲げる汎神論。つまり一昔前には「太陽」もまた神として崇められていたこの国で、果たしてキリスト教は根付くのか、そして信仰は必要なものなのかを作家は問い続けてきた。

その作者はこの作品のなかで多くの色を使って様々なことを表現しているのではないだろうか。たとえば、褐色の海、にび色の東京の空、暗紫色の夕翳などの他、ほの白く浮かぶ女の顔、冬の黒い海、真赤な布で顔を包んだ黒人の女、その血のような布の色彩は強烈な陽の光に反射し、そのほか、白い布を腰に巻いた黒人の老爺が目の前を通るなど、それらの「色」が読者の目に鮮やかに印象づけられる。そのなかで特に注目したい「色」が次の箇所にある。

「今は、もうどうでもよかった。今の千葉には熾天使《してんし》の透明さも、その炎も面倒くさく、いとわしかった。そうしたものを持ちたいと思い、彼は留学したのだが、なにもかも無駄だったのだ。うごくこと、たち上ること、情熱をもやすこと、劇を創ること、それらすべてを押しころす、なにか鈍い、厚い膜が鉛のように体を縛っていた。（略）俺には罪の意識がない。その時、怖しかったのは、あの静かさだったのだ。女を犯している俺を、冷たい眼で凝視《みつ》めている俺の静かさなのだ」

「熾天使」とは天使の位の一つであり、神への愛と情熱で赤く体が燃えている天使を指す。千葉はその「赤」、つまり燃えるものを持ちたいと願っていたが、何をやっても人種の壁は乗り越えられなかった。作者は赤く燃える白い人にたいして、黝い影をもち、心にも体にも情熱のない黄色い人という比較をすることで、より一層千葉の心の動きを表現した。

しかし、「赤」が意味するものは燃える赤だけではない。赤は悪魔や地獄の炎を表すこともある。たとえば聖書のなかでは裏切り者のユダの髪は赤いといわれ、赤は裏切りの色でもあった。また一方、キリストの復活における着衣は赤く「闇に打ち勝って昇りくる無敵な太陽」もまた赤く光っていたという伝説もある。千葉にとって砂の上の太陽が赤く輝くのか、それともひたすら白い光を放つのか、ここにこの作品の意義が問われている。

さらに、もう一点付け加えておきたいのが「劇」という言葉である。千葉は黄色い自分に一番欠落しているもの、それを「劇」と表現した。自分は黒い影を持つ黄色人種、黒でも白でもない、そんな人間だが、それに比べてロビンヌには「劇」があるという。先の引用箇所を思い出してみたい。善魔であるロビンヌにたいして彼はこう呟く。

「ロビンヌはいつもこうだ。彼は起きあがり、歩き、劇を創れる。けれども俺は――（略）あの黄昏、ひとびとが呻き、傷つき、死んでいった瞬間さえ、女を犯していた俺。俺にはあの時どうしても動けなかったのだ。動く意味、劇を創る意味が、頭では、わかっても、俺には実感できない」

遠藤周作が「劇」という言葉を使う時には一つの意味が隠されている。作家にとって「劇」とは「何らかの形で、人間と人間を越えた超絶的なものとの関係から生まれねばならぬという考えが心の底にあった」と告白し、こう続けた。

「これは理屈とか知識のせいではなくて、おそらく少年時代から読まされた聖書のためであろう。その場合、超絶的なものとは特に露骨に神でなくてもよい。たとえば運命でもいい。人間のうちにあるどうにもならぬ情熱でもよい。しかしそういうものと人間との関係が劇なのだと長い間、信じこんできた。つまり聖書が私にとっては格好の劇作法の教科書だったわけである」（「小説作法と戯曲作法」）。劇については「戯曲」の章で再度考えてみたい。

ロビンヌを思う時、体の痛みにちかい苦痛を受けた千葉。劇を創っていける彼らに嫉妬さえ感じた彼の心には一体何が存在しているのか。そこにはまだ「聖書」は存在しない。つまり、「人間と人間を超えた超絶的なものとの関係」は初期作品にはまだ見られない。しかし、そこにある、白い人と黄色い人、そして黒人など、遠藤文学が問う「色」の問題は、たんなる人種の問題だけではなく、果たして、日本人に宗教が根付くのか、宗教は必要とされるのか、という問題を内包している。これ以後の作品への道しるべともなりうる「砂の上の太陽」を取り上げる意味はここにもある。

「沈黙の声」――心の故郷・リヨン

人には誰でも第二の故郷があるという。遠藤周作は自身、長崎がその地であると度々語っている。遠藤周作の代表作は間違いなく『沈黙』であるが、この作品の準備もかねて作家は時を見つけては長崎を訪れている。そこから、「雲仙」「母なるもの」など数多くの作品が発表されている。長崎は作家にとって作品の柱となる土地であることは間違いない。

長崎について彼はこのように記す。

「小説を書こうとする時、いつも、まず長崎が眼にうかぶほど、私はあの街が好きだ」と。

そしてこう付け加えた。
「十数年前、はじめてこの街を訪れて以来、長崎はさまざまな顔を見せてくれ、小説家としての私に刺激と養分を与えてくれた。事実、私はむさぼるように彼女のくれる滋養をのみ、心を育ててきた」(「私の長崎」)

遠藤周作は長崎で見た踏み絵のなかに基督の顔を思い浮かべた。長崎の地に神の声を聴こうとした。心の故郷に、基督の姿を求めた。長崎は、作家にとって人生で巡り会った沢山の人たちと同様、彼自身に刺激を与えてくれた街なのである。

しかし、もう一か所、遠藤周作にとっての「故郷」が存在するのではないだろうか。それは仏蘭西、南東部の街「リヨン」である。そこは一九五〇年、遠藤が夢にみた留学を果たした場所である。遠藤周作は「冬――霧の夜」「七年ぶりに訪れた雪の街」をはじめリヨンについて多くのエッセイを書いている。彼にとってリヨンこそが作家としての出発点であったかもしれない。

「沈黙の声」は、五回にわたり「ユリイカ」に連載された。そこで描かれた、リヨンとは一体どういう街なのか、アフリカのジブチとは全く違う霧の街は作家にとって「悪」の世界を見せつけられた街なのである。

かつて、「ポール遠藤」とよばれた留学生遠藤周作と共に仏蘭西に渡った三雲夏生《みくもなつみ》は、このリヨンを仏蘭西で最も古いキリスト教の伝統を持った街、と述べている。今も昔もキリスト教の一大中心地であるこの地には、住んだ者しかわからない「自分の存在や意識の分裂、喪失に絶えず苛《さいな》まれなければならなかった」生活があると三雲は記している。そして遠藤周作に向けてこう述べた。

「私にはただ彼の留学ものだけでなく、日本と西洋、弱さ、罪、変容など遠藤の文学の主題のほとんどがこのリヨンの町での原体験を母胎として生れたように思えるのだ」（「ポール遠藤」三雲夏生　『遠藤周作文学全集第七巻』月報　一九七五年五月　新潮社）

「沈黙の声」のなかで作家はこう述べている。

「私にとって仏蘭西とはすべてリヨンの街である」と。そこにはかつて永井荷風が「ローン河のほとり」で描いた美しい街・リヨンは存在しなかった。

「リヨンの憂うつな冬の夕暮、アルジェリア人たちの貧民窟に小雨が降り、子供の叫ぶ声が響き、尿と安物の油の臭いとのこもった袋路に手風琴の悲しげな音のきこえた一瞬一瞬まではっきりと思いだすことができる」街なのである。

リヨンを「悪魔的《ディアボリック》な街」と呼ぶ遠藤は、この街の特徴として「黒ミサ」と「裁判」を挙げた。黒ミサとは基督教のミサにたいして、悪魔に捧げるミサをいう。生きた白人の女性の身体を祭壇に見立て、そこで司祭と信者が悪魔と交流する、そんな儀式を指す。信者たちは悪魔に魂を売る代わりに日常の幸福を得ると信じている。その儀式に参加する者たちは、そこに悦びさえ見出している。そんな黒ミサが行われていた街リヨン。

また、作者には暇さえあれば訪れていたという場所があった。裁判所である。情欲の果てに、自ら我が子をガスで殺害した母の裁判を彼は何度も傍聴している。それらを見た遠藤周作は、リヨンにはパリとは異なるにおいを感じとる。つまり、リヨンの犯罪は「巴里の犯罪のように情痴のための犯罪、貧困のための犯罪ではなかった。同じ情痴でも、もっと歪んだもの、もっとイビツな翳を帯びていた」と記した。

ここで遠藤周作が示したものは、悪の世界への認識である。戦争中に起きた様々な出来事、南京で多くの中国人を虐殺した日本人、ナチに協力したという同胞を戦後処刑したという仏蘭西人。そこにどんな違いがあるのかと遠藤周作は問う。その想いは「ナチ暴虐の写真展」を訪れ、収容所で行われたこの世のものとは思えない悲劇の写真を眺めた時でさえ揺るがなかった。悲劇を行った彼らは変質者でも狂人でもないと作家は言う。彼等は作者と同じように「リヨンの街を歩きまわり、店屋で買物をし、そして隣人と仲良くしているのではないか。彼等は変質者でも狂人でもなく、普通の人間、つまり私であり、貴方であるのだ」と。

さらにここでは「サド」の問題にも言及している。遠藤周作は留学を経て、帰国後最初にしたかったことはサドについて書くことだったと日記などで述べるほど、彼にとってそれは大きな存在だったことは確かなことである。なぜそれほどサドにこだわったのか。その一端がこの評論に述べられている。悪の問題を考えた時、そこに見る原型とリヨンの「誘惑」は異なると作家は指摘した。つまり、「リヨンは必ずしもサドやフォークナアのように暗い面ばかりを主張するのではない。「歴史と繰りかえし」の考え方は彼等のように存在原型を最初から悪と規定するとは限らない。存在原型を善とみなす考えも当然、成立する筈である」と続けた。

蟻が蟻地獄の穴の底に引きずり込まれるように作家はリヨンの霧の街に飲み込まれていく。「すべてのヒューマニズムの努力も結局は人間の悪を変ええないことをリヨンはくたびれた留学生に甘い声で囁く」と感じた時、私たちは未来への努力を否定して原型の世界を探し求める。つまりそれが「ジブチ」、太陽の動かないあの土地を、作者はリヨンでたびたび思いだす。たとえば、ジブチで「マスク」の底に隠された人間の心の奥底に潜む信仰や人間の悪の問題を取り上げ、もともと人間の底に潜むものは何かという問いに向き合っている。作者の言葉を借りるなら「原型」に「善」を見るのか「悪」を見るのかを幾度となく問いかけた。つまり、ジブチとリヨンという二つの街を通して作家はその原型を

「悪」とみなすか「善」とながめるのか、そのことによって、私たちの生き方が変わってくると述べた。たとえばフォークナーやサドなどを例に挙げ、もし原型を悪とみなすなら、彼らの世界は黒く塗りつぶされ、罪と悪の世界を「ただ、凝視する」だけであり、仮にそこに道があるとすれば、そこにも美の世界を作るか、またそれを打ち砕くだけと述べている。

ジブチとリヨン、この二つの街は作家に多くのことを教えた。

「原型と繰りかえし、このリヨン的な思考方法が私たちにたんに過去を回顧させるのみではなく、円周を描きつづけることではなく、閉ざされた世界に永劫に回帰させることではないためには、そこに新しい声が――おそらく沈黙の声が導き入れられねばならぬ。原型はたんに繰りかえされるだけではなく、繰りかえされると同時に再生（renouveler）されねばならぬのである」

そこには批評家遠藤周作の原型に対する主張があると同時に、一人の作家として芸術への想いも綴られている。つまり生まれてくる新しい芸術は突然生まれてくるものではなく、過去の芸術の影響を受け、作者の言葉を借りるならば過去の「芸術の原型」は繰りかえされるのではなく、それぞれの時代の神話によって変貌されるべきなのだと説く。そして、それがかなった時には、「芸術家は前の時代の芸術家とつながりながら、しかも、それを超えることができるだろう」と述べた。

そしてなにより読者の心に迫るものは次の作家の声ではないだろうか。

「できることなら、私は幾度でもリヨンを小説に書きたい。自分の創りだそうとする人間をあの街の中で歩かせ、彼等の声を私の知り尽くしている部屋の内部で聴きたい」

作家は、小説に書きたいのは「リヨン」であると告白した。「悪魔的な街」であるリヨンの街中で、遠藤周作の描く様々な登場人物たちが生き、歩き、どのような声をあげるのか。彼らはごく普通の人たちであり、それぞれが痛みや悲しみを抱えている。聞こえてくるのは一人の声ではない。遠藤周作が描く「沈黙の声」と、彼等の声が被さって読者に迫ってくる。

「アラベスケ」——真実の一行

一九五五年、「神々と神と」「堀辰雄覚書」が収録された『堀辰雄論』（一古堂書店）の初版あとがきに遠藤周作は次のように記している。

「あの頃二十才そこその黄嘴児がたゞ一人で囀っていた唄は、結局、今も考えているものの骨子だったのである。ぼくが今日、堀辰雄論を書くならば、やはり同じ方向でこの詩人を追求したであろう」

「アラベスケ」は遠藤周作が二十一歳の時、一九四四年六月から八月に執筆し、友人・松井慶訓に送った小品集である。大学ノートに書かれたものはエッセイ、評論など小品五篇である。一九四七年十二月発行の「四季」に掲載されたデビュー作「神々と神と」以前に書かれた作品と言える。

この小品五篇のうち、四篇が当時軽井沢に住み静養していた堀辰雄に関するものであり、堀辰雄に関しては評論「堀辰雄覚書」(「高原」一九四八年三・七・十月号)をはじめ、「私の愛した小説」や「私の中の「美しい村」」でもその影響についてふれている。

遠藤周作が慶應義塾大学文学部予科に入学したのは一九四三年のことである。その後、カトリック哲学者・吉満義彦が舎監を務める学生寮に入寮する。その吉満の紹介で当時東大哲学科の講師であった堀と出会う。病床にあった堀はその後信濃追分に移り住み、以後、遠藤は月に一度堀の元を訪れた。遠藤は堀のなかに、自然のなかに自分自身を溶け込ませ、あくまで静かに生を受容する心をみようとした。

遠藤はある日、堀から一つの質問を投げかけられる。

「君たちはカトリックですか」

そしてこう続けた。

「西洋人の作家が色々な思想をさまよったあと、カトリックにすうっと戻る人がいるでしょう。ああいう風にすっと還るところが日本人にあるとすれば何でしょう」

この問いかけは、青年遠藤の心をとらえた。西洋の神、日本の神々、遠藤が常に意識してきた一神教の西洋と、汎神論、多神教の日本との違いを目の前に突きつけられたとも言える。西洋の宗教であるキリスト教を、絶対的な善も悪もない日本人の心を持つ自分が受けとめられるか、という課題を与えられた。


遠藤は堀との出会いから実りある時期を過ごした。

後に「二つの問題　堀辰雄のエッセイについて」(「文學界」一九九二年二月号)にはモーリヤックの「テレーズ・デスケルウ」が愛読書となり、宗教と無意識、無意識による罪が、自分の生涯のテーマとなったのは堀のエッセイがきっかけであると述べている。そして、「堀辰雄の私自身に与えた宿題は認めざるをえない」と記し、その宿題は堀の小説のなかではなく、「菜穂子」を執筆するにあたって影響を受けたモーリヤックの「テレーズ・デスケルウ」についてのエッセイと「花あしび」にあると指摘した。

この後、遠藤周作にとってモーリヤック、特に「テレーズ・デスケルウ」がいかに重要な存在になっていくかを私たちは知っている。そもそも、慶應義塾大学に進学し、モーリヤックをはじめ、仏文学を目指すきっかけとなった恩師佐藤朔との出会いは、堀辰雄の紹介によるものだった。当時病のため自宅療養中であった佐藤の指導もあって、遠藤はフランス・カトリック文学により心惹かれていく。

留学中も遠藤は汽車に乗りテレーズの姿をひたすら求めて旅に出る。その時のエッセイは「テレーズの影をおって」と題して「三田文学」（一九五二年一月号）に発表されている。また多くの小説にはテレーズを彷彿させる人物たちが登場する。『海と毒薬』の看護師をはじめ、広い額や突き出した頬骨など、それは容姿にも及んでいる。

堀が心ひかれた「御仏《みほとけ》の背後にある日本的な汎神世界」に、当時の遠藤は刺激を受け、処女作「神々と神と」は執筆されたと自ら綴っている。さらに、興味深い一節は「堀さんがモウリヤックを通してエッセイで私に教えてくれたのは「混沌として明晰に分析しがたい」人間の深層心理についてであった」と述べている点である。当時遠藤はフロイトやユングにはまだ精通してはいなかった。混沌とした人間の深層心理にこの後、作家は踏み込んでいく。

この「アラベスケ」のなかで遠藤は堀への愛情と感謝を若い筆致で綴っている。特に追分で執筆された「軽井沢の人々」そして「続　軽井沢の人々」に描かれた堀辰雄と夫人との様子は後に描かれた遠藤周作自身の病床記を思い出す。病床の堀を訪ねた後の文章は若々しく、時に痛々しい。

「霧がひどい。（略）

何もかもが――。一本の木も灌木の茂みの中を流れている小道も、石も花も皆黙っている。その様なものに何か深い底知れぬ虚無《うつろ》が僕に感ぜられる。このどこかにあの「美しい村」のアダジオがあるのだろうか。（略）僕があの様に頌歌を感じていたあの作品の陰に、この様な深淵があろうとは」

この二篇はいずれも「追分にて」と記されている。この地で遠藤は生涯のテーマを与えられた。日本人の皮膚の下を流れる黄色い血、日本人の感性、これだけは受容せざるを得ない。異質の血液を膚のなかに入れた男は、それでも生きていくことが可能なのだろうか。その問いを抱えた青年は、仮にキリスト教が、人間の弱いところ、罪深いところに何らかの光を見出すことができるのなら、日本人にとってそれは決して遠いものではないのかもしれないことをこの地で意識したのかもしれない。

さらに「夏日漫談」と題された「雑談」には興味深い一節がある。後の遠藤の読書術にもかかわる読書の方法である。遠藤ほど多くの読書量をこなした作家もいないのではないだろうか。たとえば留学時の日記を見ればその読書量の多さに読者は驚かされる。そこにはあたかも読書ノートのように書名が列記されている。たとえば一九五〇年十二月四日には、「モンテルラン　サンチャゴの主の第二幕／デュ・ボス　日記／ベルナノス『クロニック』／サルトル『文学とは何か』」、というようにその日に読む予定の書名が数冊書かれている。そして、興味のある作家に出会った時には、その作家の日記、小説、エッセイ、伝記など、すべてのジャンルを読みつくすことが必要だと説く。

「僕は数多い作家の書物の中から一人の作家を徹底的に調べて、それを自分のものにするか、しないかそこに僕を賭けてみなくちゃ、将来、仕事をする上にも駄目だと思ったんだ」

そして、本当の勉強のためには作家にしがみつかねば、と記した。そのしがみついた相手・堀辰雄は現実からの逃避が弱点と言われているが、それではその現実とは一体何なのかと遠藤は問いかけ、現実は自然主義の作家たちが唱えるものとは異質なものと考える。

「日常卑近の中から真実中の真実をだすのが作家の直覚だ。その真実は一行となるんだ」と。つまりその一行は詩の場合は一節になるが、小説の場合は何百枚もの原稿のなかからその一行が浮かび出るという。その「真実の一行」の為に他のすべての言葉がある。それでは遠藤周作の作品にあるその「真実の一行」とは何を指すのだろうか。

「僕も将来小説を書く時、たった、その一行の為に他の言葉と構成がそれに捧げられている手法をとってみたい」

読者によって思い浮かぶ作品は異なるだろう。あの作品、あの一行、主人公のあの台詞。たとえば多くの読者が思い浮かべるものは『沈黙』の一節ではないだろうか。神父が踏み絵を踏むあの場面。

「踏むがいい。お前の足の痛さをこの私が一番よく知っている。踏むがいい。私はお前たちに踏まれるため、この世に生まれ、お前たちの痛さを分つため十字架を背負ったのだ」

ここで『沈黙』を論じることはできないが、この時期、一人の青年は確実に小説を書くことを意識していたことは注目に値する。留学の船のなかで「小説家になる」という明確な意思を示す場面がエッセイにあるが、既にその種はこの追分の地にあったと言える。

もう数十年も経ってしまったが、遠藤周作と追分に行ったことがある。八月も終わりに近づき、夏の喧騒は去り、山には赤とんぼがとび、ススキの穂が風にゆれていた。後部座席を降り、車から離れて作家は一人、ススキをかき分け歩を進めた。後を追うことなどできない、凜としたたたずまいのむこうに一体なにがあるのか。その視線の先に、若い日々、訪れた堀邸があるのか、過ぎ去った日々があるのか、想像すら許されない。

遠藤周作はこう述べている。

「作品だけ読んではわからない、その作品を裏打ちしている彼の何かあるものが、僕を永を裏打ちしている作者が内包する何かが、私たちをひきつける。

「何かあるもの」、読者の心に響くその何かは、作品のなかからだけでは摑めない。作品久にこの人と結びつけそうなんだ」

この三作品はいずれも遠藤周作の初期のものであり、そこにはみずみずしさと共に青年のもつその時代の悲しみや行き場のない怒りや、越えられない様々な壁が描かれている。そして、青年遠藤が取り組んだ、色、つまり人種問題や、留学時代に見せつけられた「悪」の問題、キリスト教がどのように日本に根付くのかなどが問われたといえる。そして、それらはのちの遠藤作品の核としてたしかに継続していく。この後、遠藤周作は作家としての円熟期を迎え、代表作である「沈黙」や「死海のほとり」「侍」「スキャンダル」「深い河」へと歩を進め、遠藤文学は「母なる基督」をテーマに赦す神、「同伴者イエス」を獲得していく。それらのテーマは時代を超え、現代を生きる私たちに人間にとって本当に必要なものは何か、祈ること、愛すること、共に生きることの意味などを伝えていく。

第三章　人生の同伴者たち――「稔と仔犬」

遠藤周作が亡くなった時、棺に入れてほしいと願った小説が二冊ある。『沈黙』ともう一冊、『深い河』である。『深い河』は一九九三年六月刊行された。遠藤が手掛けた最後の純文学作品であり、七年ぶりに書き下ろされた小説である。この作品がいかに困難を極めたかは次の日記からも推察できる。小説の完成を前に「何という苦しい作業だろう」と記した後、こう続けた。

「主よ、私は疲れました。もう七十歳に近いのです。七十歳の身にはこんな小説はあまりに辛い労働です。しかし完成させねばならぬ。マザー・テレサが私に書いてくれた。God blesse you through your writing.」（一九九二年七月三十日）。さらに刊行直前の五月には一時危篤に陥るほど体は衰弱していた。そのなかで遠藤周作の集大成といわれる『深い河』は完成した。この作品には「輪廻転生」「復活」など多くの問題が提起されているが、ここでは一人の登場人物にスポットを当てたい。インドへと旅をする一人、沼田という人物である。

彼は童話作家であり、大連で幼年時代を過ごした。父母の諍《いさか》いが待つ家に戻るのが苦痛の少年は「帰りたくないよ」と犬のクロにだけ話しかけた。自分の家の事情を学校の先生や友達にも打ち明けられない彼にとって、その辛さを話せる相手はクロだけだった。そんな少年にむかって「(仕方ないですよ。生きるって、そんなもんですよ)」とクロはいう。つまり、クロは「あの頃の彼にとって哀しみの理解者であり、話を聞いてくれるただ一つの生きものであり、彼の同伴者でもあった」(傍点引用者)。そのクロを棄てて「私」は大連を離れた。その時のクロの視線を沼田は忘れない。沼田は自分が童話作家になった理由をこう語る。

「(もし、クロがあの頃、いなかったなら)と後年、沼田は思う。(俺は童話なんか書いていなかっただろう)」と。

「クロは動物が人間と話を交せることを彼にはじめて教えてくれた最初の犬だった。いや、話を交すだけではなく、哀しみを理解してくれる同伴者であることもわからせてくれた。それができるのは、今の時代にはメルヘンという方法しかないことを知った沼田は、大学時代から童話を書くことを生涯の職業として選んだ。そしてその本のなかで彼は子供たちの哀しみを――子供たちにもそれぞれの人生の哀しみが、すでに始まっているのだ――理

解している犬や山羊や仔馬のことを好んで書いた。そう、鳥たちの事も……」（傍点引用者）

その後語られる鳥、つまり「犀鳥」、ピエロと呼ばれたこの鳥とのエピソードのなかにも、沼田が童話でしか書けない世界が語られている。「ピエロ」とは、かつて遠藤がルオーの「ピエロ」という絵画について「道化師は静かにイエスに変りつつある」（「ルオーの中のイエス」）と評したキーワードの一つである。この点については後に述べる。童話のなかで少年たちは樹と樹の会話、蜜蜂が仲間とかわす信号も読みとれるという。そして「一匹の犬や一羽の犀鳥が大人になった彼のどうにもならぬ寂しさを分ちあってくれた……」と沼田は振り返る。

「私の履歴書」を参照すると、遠藤もまた大連で幼年時代を過ごし、そこで両親の不和による哀しさや孤独を、当時飼っていたクロという犬に慰められていたことがわかる。尚、「童話」（「群像」一九六三年一月号）という作品のなかでは、「カラス」と呼ばれた少年が満州の大連を舞台に父と母の諍いに苦しむ様子が描かれている。そして二〇二〇年に発見された「影に対して――母をめぐる物語」にもこれらのシーンが盛り込まれている。

学校からの帰り道、遠藤もまたクロに「家に帰りたくない」「学校は面白くない」と、語りかけていた。そんな時クロは「泪でぬれたような眼をして」「「わかりますよ。でも仕方ねえんですよ」と答え、力なく尾っぽをふってみせるのだった」

思えば遠藤は犬や鳥、その犬の眼、鳥の眼について多くの作品を残している。「四十歳の男」や「男と九官鳥」「犀鳥」「雑種の犬」など、犬や九官鳥が病気などに苦しむ主人公の心の声を聴く存在として描かれている。そして犬や鳥、その眼に魅かれた理由についてこう述べている。

「動物たちの哀しそうな眼になぜ心ひかれるようになったのか、私にもよくわからない。おそらくそれは私が人生の中年を歩みはじめるようになったからかもしれない。小説を書くという仕事のおかげで私はいろいろな人間やいろいろな人生をみる癖がついてきた。その時の自分の眼があの動物たちの少し哀しそうな眼差しと重なりあうためかもしれない。それとも……。

それとも、我々の人生の背後で我々の人生をそのように少し哀しい眼差しで眺めている一つの存在を意識するようになったからかもしれない。」(「鳥たちの眼」)

遠藤にとって犬や鳥はどんな存在だったのか。くさい糞をし、部屋を汚す犀鳥。言葉を覚えぬ、役に立たない九官鳥。彼らができることはたった一つ、彼の話を聞き、そこにいてくれることだけだった。

遠藤は『海と毒薬』を執筆し、ようやく作家として大きな一歩を踏み出した時、長い入院生活を過ごすことになる。常につきまとう死への恐怖や不安を鳥や犬に語ったという。「真夜中、私にとって九官鳥はある夜はその神父の役割をしたり、別の夜は私のどうにもならぬ信仰的な疑惑や秘密の聞き手でもあった」（「背後をふりかえる時」）と告白している。そしてこう続けた。

「掌のなかで冷たくなっていく小鳥の眼。両親の離婚を知らされた少年のあとをついていく雑種の犬。少年が立ちどまると犬もまた立ちどまり、彼をじっと見あげている。／そうした鳥や犬の眼は病室のなかで真夜中、私を見ていた九官鳥の眼とおなじである、いや、それはやがて発展して「沈黙」のなかでロドリゴのよごれた足に踏まれる踏絵のイエスの眼となっていく。／だから私の心のなかで九官鳥は「沈黙」のイエスまで少しずつ形をかえて発展していったと考えて頂いていい」（同）

傍にいるだけの存在、それがやがて遠藤にとっての「同伴者イエス」につながることを読者は読みとることができる。

先述したように、遠藤が童話を通して語りたかったものがここから見えてくる。つまり、童話に出てくる犬や鳥は、哀しみを分け合い、理解してくれる存在、「同伴者」を描く手段の一つであった。童話に出てくる子供たちは自分ですら気がつかない哀しみを抱えている。それは大人と比べて決して小さくはないと作家は考える。子供は悲しみに対して泣くことくらいしかできない。抱えきれない悲しみを自分ではどうすることもできない。そんな子供たちに、小説ではなく、遠藤が童話を通して伝えたかったものとは何だったのだろうか。

遠藤はそのほか、「男と九官鳥」「犀鳥」など小説や、「鳥たちの眼」など多くのエッセイで犬や鳥の眼についても触れている。また『ジュルルジュスト王国で起きた不思議な出来事』（マックス・ギャバン著）、『ノーム』（ヴィル・ヒュイゲン著）などの童話の翻訳も手掛けている。童話としては、「青いお城」（「りぼん」一九六三年五月号〜一九六四年四月号集英社）では、友達のために奔走する少年が描かれ、予告には「パパやママにしたしまれている作家の遠藤周作先生がとくべつにりぼんのみなさんのために、すてきなお話をお書きくださいます。／遠藤先生が、少女のためにお話を書かれるのは、はじめてです」と書かれている（一九六三年三月号に予告。四月号から掲載開始の予定が作者の都合で延び、五月号からとなっている）。

本作は小学校に転校してきた「大山平吉」が仲良しの「桑原たえ子」のために奮闘する姿や、たえ子がバレエの大会に挑む様子が描かれ、また、平吉が離ればなれになった母親を探し、願いが叶うというストーリーとなっている。

この時期の「りぼん」には左記の通り多くの「第三の新人」の原稿が掲載されている。

吉行淳之介「雨の中の虹」一九五九年一月号～十二月号
曽野綾子「小さなケイとのっぽのケン」一九六〇年四月号～一九六一年十二月号
阿川弘之「港は灯がいっぱい」一九六二年五月号～一九六三年三月号
遠藤周作「青いお城」一九六三年五月号～一九六四年四月号
三浦朱門「霧の中の花園」一九六四年五月号～一九六五年四月号

あたかも遠藤を含むこのメンバーがリレーで童話を書いているかのような印象すら受ける。また、この時期の「りぼん」には常時三作ほどの小説が掲載されており、漫画は勿論のこと、「読み物」としての児童文学にも力を入れていたことがわかる。

そしてここで取り上げたいのは「稔と仔犬」(「新世界」掲載一九五五年十月号～一九五六年十一月号、なお一九五六年七・八月は合併号。カトリック青年労働者連盟〈JOC〉発行)である。

「稔と仔犬」には少年・稔と仔犬とのかけがえのない交流が描かれている。「稔」という名前は二〇二〇年に発表された「影に対して」のなかでも少年の名前として登場する。

　この作品は、少年が薄汚れた犬と知り合うところから始まる。彼の父は出征し、その後、戦死した。残された母は稔を養うため懸命に仕事をしていた。母の仕事の間、稔は祖母と母の帰りを待った。そんな稔にとって突然現れた仔犬は大事な友達となった。仔犬も稔を慕い、後をついて回った。しかし、その犬を自分で飼うことができない稔のかわりに教会で暮らす神父が手を差し伸べた。教会に引き取られた仔犬は「ロビン・フッド」と名付けられた。稔は、ロビンを飼っている生徒として知られ、そのおかげでクラスの人気者になった。

　ある日それを妬んだいじめっ子の村上君が稔を呼び止め「犬をよこせ」と脅した。村上君の手には空気銃が握られていた。教会に着いた時、二人の前にはマリア像があった。薔薇色に照らされたマリア像を見て、村上君が空気銃で射《う》てと稔に命じた。もし射たなければ自分はこの銃でロビンを射つという。

　物語の最後の一行はこう書かれている。

「聖母は黄昏の光の中で悲しげに稔を眺めていた……」

　残されたこの一行。これ以後の結末はわからない。犬を教会に預けるまで、稔は神父という言葉すら知らない、教会とは無縁の子供だった。その稔は、友達の池浦君と一緒にロビンの様子を見に教会にやって来た時、マリア像を見たことがあった。神父は、これは「神さまの母」とだけ言った。今、目の前の子供を抱いた女の人の像には、遠藤が恩寵の風景として描く「黄昏」の光、そして「薔薇色」の光が注がれていた。聖母を射つか、ロビンが射たれるのか。悲しく辛い選択を稔は迫られた。もし読者にその選択が委ねられているとしたら、私たちはどのような結論を見出せるのだろうか。

聖母の様子を遠藤は次のように書いている。

「聖母は悲しげに、稔を眺めていた。多くの、さまざまの、そして幾千年もの人間たちの苦しみと悲しみのすべてを知ったその眼差を稔はまだ知らなかった」

もし、この結末を想像することが許されるなら、おそらく聖母像は稔にこう語りかけるのではないだろうか。「射ってもいい」と。

私たちは遠藤の代表作である『沈黙』のクライマックスを思い浮かべることができる。神父であるロドリゴが世の中で一番大事にしていたイエスの顔、銅板にはめられたイエスの顔に足をかける場面。銅板の「あのひと」はロドリゴに向かってあなたの足、踏み絵を踏む足も痛いだろうと言った。

「稔と仔犬」には二つの意味がある。一つは遠藤にとって、つねに寄り添う「犬」の存在がいかに大きなものであるのか、という点にあり、さらにその「犬」や「鳥」の眼が遠藤文学の根幹にかかわるからである。そしてもう一つは、本作が後の遠藤作品のイエス像につながると考えられる点である。神がロドリゴに語りかけたようにおそらくマリアも、マリア像を射つ稔の心もまた痛いことを知っており、そう語りかけるのではないだろうか。

そしてもう一点、この作品のなかで、「風」や「羊の毛の様な雲」、また「薔薇色の」景色や、「黄昏」の日射しなど、遠藤文学を語るうえで欠かせない「象徴」についてふれておきたい。「象徴」については次章で詳述するが、ここでは少し長くなるが、印象的な場面を数か所、引用する。はじめ稔は犬を飼いたいと母に申し出るものの、それは予想通り許可されなかった場面。

「夕暮がやってきた。さきほどまでは、やわらかな羽のように蒼ざめた空に、それだけ、ぽっかり薔薇色にうかんでいた小さな雲が、いつの間にか、悲しげな色彩りに変わっている」

空の色は稔の心に添いながら刻々と変化をし始める。次に町工場の裏にやってきた稔は父との思い出をよみがえらす場面を読むと、その空は次第によどんでいく。

「蒼ざめた空の、金色にふちどられた悲しげな雲の色を見ていると、稔はふと、お父さんが生きていた頃のある夕暮、今とそっくりの同じような色彩りをもった雲を見たことを思い出した」

　そして印象的なのは次の場面である。稔はある日、原っぱの石に腰を掛けているうちに夢をみた。その夢の世界には弱虫をいじめる力の強い上級生もいない。自分を叱る先生もいない。丘の向こうには「羊の毛のような雲」が見え、「風」が吹き、美しい花が咲き乱れていた。そこにはなぜか、死んだはずの父がいて、傍にいる母も楽しそうにしていた。仔犬も元気に走り回っていた。

「丘の向こうにはあかるい空があった。その青い、光った空には羊の毛のようにやわらかな巻雲が一つういていた。甘いやさしい草の匂いをこめた風が林の中から吹いてきた。叢のなかに腰をおろしていると、その風の動きが、雲のながれのようにはっきり見えるようだった。(略)／(仔犬がかけている)／そこには、真黄色な草花が一面に咲いていた。(略)花の中に稔はねそべって、青いふかい空を見た」

　しかし、理想の世界である夢から覚めた稔の周囲は一変する。稔の眼の前には「風」も「羊の毛のような雲」も花もどこかに消えていた。かわりにあったのは「寒さと悲しさとが充ち充ちている闇」の世界だった。

「寒さが稔の眼をさました。(略)丘も、青い空も、羊の毛のようにやわらかかった雲も、林から流れる甘い風も、それから、真黄色に咲きみだれていた花々も、すべて、どこかに消え、その代わりに、寒さと悲しさとが充ち充ちている闇が眼の前にあった。／あの夢があまりに美しかっただけに、この闇の寒さはひとしお辛かった。けれども稔は子供心にもその夢のような風景は、この世の中のどこにもないこと」を知っていた。

幼い子供の悲しみは、大人に比べて小さいわけではない。自分自身ですらわからないその辛さや悲しみを必死で抱えている。遠藤はこの作品でその辛さを「闇」という言葉で表現した。その「闇」のなかにいる少年の傍を決して離れない仔犬。話を聞いてくれる仔犬。語りかける相手のいること、それがいかに大切か、遠藤文学の原点「同伴者」のまなざしがこの作品にはある。

遠藤文学のなかで「風」は「霊」を示すことはたびたび論じられている。この「稔と仔犬」でも先に挙げたように「風」は印象的に使われている。さらに、この「雲」についても考えてみたい。ここで語られた「羊の毛のような雲」はどんな雲を表しているのだろうか。

遠藤は後に『海と毒薬』で次のような場面を描いている。若い医師である、勝呂は米兵の人体実験への参加を上司である医学部教授から言い渡されていた。その勝呂が屋上に登っていく印象的なシーンがある。屋上に登るたびに黝《くろ》ずんだ海を見つめる勝呂。海を見つめれば、戦争も、病に苦しむ人たちがいる大部屋の患者のことも、空腹感もしばし忘れられるという。そして彼はこう空想する。
「たとえば戦争が終り、自分がおやじのようにあの海を渡って独逸《ドイツ》に留学し、向うの娘と恋愛をすることである。あるいはそんな出来そうもない夢の代りに、平凡でもいい、何処かの、小さな町でささやかな医院に住み、街の病人たちを往診することである」
　それはどこにでもある小さな幸せだったかもしれない。ただその平凡な幸せこそが一番大事なもの、と彼は考えていた。そして、同僚の医学生、戸田から教えられた詩を口ずさむ。

「羊の雲の過ぎるとき
蒸気の雲が飛ぶ毎《ごと》に
空よ　おまえの散らすのは
白い　しいろい　綿の列
（空よ　お前の散らすのは　白い　しいろい　綿の列）
その一節を口ずさむと勝呂はなぜか涙ぐみそうな気分に誘われてくる」

　彼はその詩を口ずさみながら、貧しい患者である「おばはん」を思い浮かべ、心を寄せるこのシーンは勝呂の心情を表す見逃せない場面である。

なお、この「雲の祭日」は享年二十四、若くして亡くなった詩人、立原道造の詩である。「海と毒薬」にはその一部が引用されている。

「雲の祭日」　立原道造

羊の雲の過ぎるとき
蒸気の雲が飛ぶ毎に
空よ　おまへの散らすのは
白いしィろい絮《わた》の列

帆の雲とオルガンの雲　椅子の雲
きえぎえに浮いてゐるのは刷毛の雲
空の雲……雲の空よ　青空よ
ひねもすしィろい波の群

ささへもなしに　薔薇紅色に

ふと蒼ざめて死ぬ雲よ　黄昏《たそがれ》よ
空の向うの国ばかり……

また或るときは蒸気の虹にてらされて
真白の鳩は暈《かさ》となる
雲ははるばる　日もすがら」

この「羊の雲」が何を言い表しているのか、「羊」という言葉に聖書に書かれた「神の子羊」の意味が含まれるという興味深い指摘もある。かつて文芸評論家の上総英郎《かずさひでお》は、白い綿の列には聖体拝領の意味があると論じた。詩の解釈を語る力は私にはないが、少なくとも、遠藤がこの「羊の雲」を描く場面には、確かに神の視線が感じられるのである。

「稔と仔犬」には犬や様々な風景や象徴を通して同伴者の視線があることは述べた。鳥や犬だけではない。それが感じられる場面がある。ここに一人の登場人物がいる。稔にとってたった一つの喜びであり、友だちであった仔犬。その仔犬が車に轢かれたのではないか、と稔が心を痛めるその時に、一人の女中さんが登場する。彼女に名前はついていない。しかし、作者はこの場面をこう記している。

「彼女もまた、十年前、自分がまだこの子と同じ年齢の小娘であった頃のある夕暮のことを思いだしたのだった。／彼女はその夕暮、ひとりで泣きながら田舎道を歩いていた。遠くの山々に茜の夕陽がかげっていた。（略）／彼女はあの時も、そして今も自分が決して幸福ではなかったことを感じた。／（この子もそうなのね。きっと）」

ルオーの絵画を見るような夕陽がかげった道を、幼かった彼女は一人泣きながら歩いていた。なぜだかわからないが、この時も、そして今もなお彼女は自分が幸せではなかったと感じている。そして、この子も、きっと哀しみを抱えていると感じた。仔犬を奪われた子供の悲しみに、その悲しみを通じて彼女は稔に寄り添った。イエスだけではない。名もない人ができることがある。悲しみを通して寄り添うことである。その時、ほんの少しだが、遠藤のめざした、日本の街角にも見受けられる「神」、タマネギが彼女の心にも宿った瞬間ではないだろうか。そして女中さんは稔の背中を押す。この時の手の温かさは具体的には描かれていないが読者には伝わる。この時もまた名もない人が同伴者になる一瞬だと言えないだろうか。

そしてもう一人の同伴者、それは改めて述べるまでもなく、薔薇色に照らされていたマリア像であり、その視線である。この像の女性マリアを見上げる子供には、彼女が自分の子供が磔刑《たつけい》、つまり十字架にかけられ死を迎えたことなど想像すらできない。涙をこらえたマリアだからこそ子供の痛みがわかる。作者は、優しく、分かり易く、子供たちに一人ではないことを伝えようとする。しかし、そのマリアの本当の痛みは子供にはわからない。「聖母は悲しげに、稔を眺めていた。多くの、そして幾千年もの人間たちの苦しみと悲しみのすべてを知ったその眼差を稔はまだ知らなかった。／「イヤなら、ロビンを射つぜ」／聖母は黄昏の光のなかで悲しげに稔を眺めていた……」

遠藤は後年、自身の日記で最愛の母について触れ、彼女の痛みに気が付かなかったと記している。

「私の母は一人で死んだ。この頃、私は母の孤独にやっと気がつき、その孤独に無力であったことに泪をながすのである」（一九六一年九月）

母の無償の愛に「私」が気が付くのは、何年もの時間が必要となる。また、この作品には、子供自身は気がつかないが、無垢な面だけではない心情についても語られている。それは一つの嘘が、それを隠そうとまた次の嘘が必要になるように、罪もまた、もう一つの罪をよぶということである。

「罪は雪だるまに似ていることを稔はまだ知らなかった。一つの罪は次の罪と重なり、さらに新しい罪を加重して次第に大きくなっていくことを悟るには、まだ、あまりに幼すぎた」

このの ち描かれた小説には母を裏切り、嘘を重ねていく登場人物が多く登場していくことを考えた時、子供時代の罪についてのこの一行は一つの意味を持つのではないだろうか。「稔と仔犬」は童話という一つのジャンルをこえて遠藤文学の真髄でもある「同伴者イエス」の存在を伝える作品と言える。

先述した通り、「稔と仔犬」は十三回の連載小説である。十三回で終わりと思われたこの作品であるが、次号の記事の末尾に「稔と仔犬」は都合により「今回は休みました」という記述があった。それ以降も「新世界」に「稔と仔犬」は掲載されていない。

そこで一つの解釈が考えられた。この作品がリドル・ストーリー（謎物語）かどうか、という点にある。その可能性は極めて低いが、その点にも触れておく。リドル・ストーリーには世に知られたフランク・R・ストックトン「女か虎か」（一八八二年）という作品がある。あらすじは次のようなものである。

一人の身分の低い若者と美しい王女が恋をした。それを知った王は若者を獄舎に捕らえ、闘技場に引きずり出した。闘技場には二つの扉が用意されていた。一方には飢えた虎、もう一方には美しい女性がいて、そちらの扉を開けば罪は許される上にその美女と結婚することができるという。王女は何とか二つの扉のどちらに虎がいるのか、どちらに美女がいるのかを探り、突き止めた。若者は闘技場の観覧席にいる王女の合図を待った。王女は選択を迫られた。虎のいる扉か、結婚相手となる美女のいる扉か。果たして王女は若者へどちらの扉を指さしたのか。それは謎のまま終わる。つまり結論は読者の手に委ねられている。

ストックトンはその後「三日月刀の督励官」という続篇を書き、この闘技場の場面について再び触れてはいるが、そこでも前作の謎は謎のまま、結論には至っていない。遠藤が仮にこの作品を読んでいたとしても、「稔と仔犬」がこのようなリドル・ストーリーとは考えにくい。おそらく、前述したように、作者、または「新世界」の都合で、十四回目は掲載されなかったと思える。

〈参考文献『謎の物語』紀田純一郎（編）ちくま文庫（二〇一二年二月）〉

そして最後に「稔と仔犬」に関する二つのエピソードについてふれておく。

先に述べたように本作は全十三回の連載小説である。また紙面上の表記では、四話が二回、五話が二回あるため、最終話は十一回と明記されているが、実際は十三回の連載である。翌月、つまり十三回の次号、一九五六年十二月一日号の末尾に次のような記述が見つかった。

「お断り／都合により「稔と仔犬」今回は休みましたのであしからずご了承下さいますようお願い致します」

しかしながらそれ以降のデータにはこの作品は存在しなかった。ここで考えられるのは作者の都合で打ち切りとなったのか、または掲載紙側の事情でこのままの状態となったのか、残念ながら想像の域を出ない。しかし、今回この作品を取り上げるに際し、この作品の発見の経緯などは、まるで遠藤氏がどこからか采配したかのように感じられたのは私一人ではなかった。

当初、遠藤文学館の資料整理の過程で、長い間保管されていた新聞小説の切り抜きが数枚見つかった。「稔と仔犬」と題されたこの小説は少年と仔犬の愛情あふれる交流が描かれ、また神父、マリア像などを通して示されたものは、遠藤文学のイエス像を考えるうえでも重要であると考えられた。何とか掲載紙・発表年月を特定できないか、調査に入った。しかし、小説の部分だけを丁寧に切り取った紙面では、その調査は非常に難しいと思われた。当時、町田市民文学館ことばらんどの学芸員・杉本佳奈氏にもご参加いただき、杉本氏を中心に本格的な調査が始まった。

新聞記事、つまり遠藤文学館に保管されていた小説記事の裏面を全て参照したところ、

「第二十四回国会会期終了」の記述があり、このことからまず昭和三十一年、一九五六年七月前後の掲載ではないかと推察し、その時期を特定した。当初、その他の裏面記事を参考にすることに加え、物語に神父が登場し、教会の様子も描かれていることから、「カトリック新聞」ではないかと推察した。しかし、遠藤文学館、町田市民文学館、その他の文学館の協力も得て「カトリック新聞」のデータにでき得る限り当たったが該当するものは存在しなかった。

さらに調査を進め、裏面記事に頻繁に出てくる「JOC」という団体名に手がかりを得た。調査をすすめると「JOC」が「カトリック青年労働者連盟」の略称であることが判明した。「カトリック青年労働者連盟」の新聞を検索した結果、「新世界」が該当した。国会図書館に所蔵されている「新世界」は一九五九年十月より一九六八年十一月までのもので一九五六年のものは保管されてはいなかった。しかし、閲覧した資料のなかに「稔と仔犬」裏面に掲載されたものと体裁が一致する書籍紹介があったこと、遠藤周作のエッセイやインタビューが掲載された号もあり、同紙と遠藤のつながりを確認したことから掲載紙を「新世界」と判断した。引き続き、国会図書館以外の公共図書館、および大学図書館の資料検索をしたが、「新世界」を所蔵しているところは発見できなかった。

「JOC」は現存する組織であり、その後、ホームページが立ち上がっていたことを確認し、問い合わせたところ、対応していただいた宇井彩野氏が「新世界」という新聞について認識があり、データの確認等、調査にご協力をいただいた。その結果スキャンされた全データを閲覧することが可能となり、「稔と仔犬」の掲載紙を全て得ることができた。現在は聖三木図書館に全篇保管されている。

もう一つ、この新聞小説の装画についても触れておきたい。

江副隆愛《えぞえたかよし》氏によるこの装画。江副は一九二三年九月十日、関東大震災の九日後に生まれた。上智大学一年生だった一九四三年、彼は学徒出陣のため明治神宮外苑競技場にいた。その後兵役に就き、特攻隊員となるが、出陣前に終戦となる。後に聖ヨゼフ日本語学院においてて主にカトリック宣教師を対象に日本語教育に携わった。

遠藤は一九四一年、広島高校など、数校を受験するが、失敗し、四月に上智大学に在籍していた。その在学中に江副に出会い、この作品の装画を依頼した。どのような形で依頼したかは不明だが、江副の家族の話から、彼は遠藤の依頼を無償で引き受けたという。このことが判明したのもまた不思議な縁であった。「稔と仔犬」が発見されたことが、NHKのニュースで取り上げられた日、偶然、江副の家族がその番組を視聴していた。画面に映った父の作品を見て驚いた家族が出版社に連絡をし、『稔と仔犬』の単行本に口絵として掲載される運びとなった。

「稔と仔犬」をはじめ、遠藤の小説には実に多くの無名の人物が登場する。その人達にわかりあえる「イエス」を描くことこそ、遠藤の目指す同伴者の姿なのである。

第四章　遠藤文学における象徴――もう一人の登場人物

「作家の秘密は、往々にして、その自然描写に発見される」とみずから記しているように遠藤の基督像を考える上でそのヒントは自然描写にある。時にそれは「光」であり、「風」や「雪」、その他「火」や「葡萄」「海」「夜」「砂浜」「太陽」「嵐」など数多い。それはまた、西欧と日本の風土の違いという大きな問題を内包している。

遠藤は「カトリック作家の問題」で既にこのことを指摘している。遠藤は二十四歳の時、堀辰雄の「花あしび」に刺激されて、「神々と神と」を書いた。このエッセイは神西清《じんざいきよし》に認められて「四季」（一九四七年十二月）に掲載された。後に早川書房から『カトリック作家の問題――現代の苦悩とカトリシズム』として刊行された。そのなかの「神々と神と」で彼は次のように述べている。

「カトリック者はたえず、闘わねばならない、自己にたいして、罪にたいして、彼を死にみちびく悪魔にたいして、そして神に対して」

これは遠藤が「神々と神と」、つまり、多くの神を持つ神々、汎神論対一神論という生涯をかけて解き明かしていく問題を提起したと言える。フランスの青年が、カトリック作家である、モーリヤックやベルナノスの小説を読む時、彼等が使う「葡萄畑」という単語から聖書にある「葡萄」や「休息」を思い浮かべることはたやすい。しかし、我々日本人にそれは非常に難しい。

たとえば「葡萄」は聖書のなかに多く登場する言葉である。「私は葡萄の木であり、私の父は栽培者である」（ヨハネ15章1節）という意味を持つ。つまりイエスは自分自身を葡萄の木、彼に従う者を葡萄の枝、天の父を農夫にたとえ、キリストの生き方を示した。それでは一例として、モーリヤックが描いた「黄昏の光は葡萄畑に落ちていた」という一行を考えた時、「葡萄」からは先述した聖書の葡萄のイメージを思い浮かべ、「黄昏の光」から恩寵の光を読みとるのは西欧人の場合たやすい。が、日本を含む汎神論の風土に住む人間たちにとってそれはとても難しい。遠藤はリルケ、モーリヤック、グレアム・グリーン、ジュリアン・グリーンなどの作品を論じながら言葉が持つ二重の意味について語っていく。

「ぼくの小説は、第一に象徴を大事にしています。たとえばふいに出てくる雪とか石にしても、日本の素朴リアリズム小説を読むつもりで読みすごされては困るのです。ぼくにとっては非常に重要な意味をもっているのですから」(「カトリック者と作家の矛盾」)

そしてまた、カトリック作家の翻訳作品を読む時にも注意が必要だと述べた。

「さりげない黄昏の葡萄畑の描写、さりげない暁の空の描写を通して彼等とぼく等のちがいがまざまざとわかってきます。キリスト教作家の場合ではこの自然描写に特に注意をおはらい下さい」(「カトリック作品をよむ時」)

遠藤作品に描かれる象徴について、いくつかの例を挙げ、考えてみたい。

「風」――「霊」そして語りかける声

「わたしが・棄てた・女」の一場面を思い出してみたい。

遠藤の中間小説といわれるエンターテインメントのなかで、最も遠藤に愛された小説といわれる「わたしが・棄てた・女」にも主人公・森田ミツに「ある声」が語りかけるシーンがある。森田ミツは誰かが悲しんでいることに耐えられない女性であり、誰かが不幸なのは悲しいといつも考えていた。ある日、ミツは苦心して貯めたお金を手に握り、欲しかったセーターを買いに行こうとしていた。そのミツの前に、会社の同僚、田口の妻が現れる。彼女は子供の給食費を夫にもらいに来たが、彼は既に給料を使いこんでしまい、何ももらえず立ち竦んでいた。黙って通りすぎようとしたミツに声が聞こえてくる。その声はミツに引き返してくれないかと囁く。

「風がミツの眼にゴミを入れる。風がミツの心を吹き抜ける。それはミツではない別の声を運んでくる。赤坊の泣声。駄々をこねる男の子。それを叱る母の声。吉岡さんと行った渋谷の旅館、湿った布団、坂道をだるそうに登る女。雨。それらの人間の人生を悲しそうにじっと眺めている一つのくたびれた顔がミツに囁くのだ」

この世で大切なことは、他人の苦しみや悲しみに寄り添うことだとその声は言う。ミツはこの声を聴いて、貯めていた金を田口の妻に渡す。

「風」には「霊」の意味がある。「風」はヤーヴェスト資料による二章の創造物語に出てくる、人間に生命を吹き入れる「息」であり、神の「霊」の言語である。つまり、創世記に描かれたように、土の塵から造った人に神が命を吹き込む、と考えられた。そのほか、復活祭の夕べ、弟子たちが「『聖霊を受けなさい』ということばとともにキリストによって息を吹きかけられる」（ヨハネ20章22節）ことなどからも「風」は「聖霊」と結びつけられている。

どこからともなく聞こえてくるこの声は、やがて遠藤文学の本質である苦しみに寄り添う「同伴者」となっていく。なお、この「ミツ」という名前は遠藤文学の読者には馴染みの名前であり、実は後にふれる初期小説「薔薇色の門」（一九五八年）にもバーで働くけなげな女性の名前「ミツ子」として登場している。

また、同じく初期の小説、「誘惑」（一九五九年）にも同様の印象的な語りかけがある。「人生は戦争よ。負けた者が悪いんだわ」というモデル、立花早苗の言葉を主人公の一人であるサラリーマンの東竜太郎も賛同していた。「わたしが・棄てた・女」の主人公、吉岡努を思わせる竜太郎は、成功するためには手段は選ばない、何としても勝ち抜いてやると繰り返し自分に言い聞かせ日々を過ごしていた。その竜太郎に、ある時こんな声が聞こえてくる。

「白く、鈍く曇った空のどこから、彼は一つのひくい声をきいたように思った。

（そんな生活に、お前は満足なのか。それが本当の生き方といえるのか）

竜太郎は首をふった。出世したい。この社会で少しでも上に登りたいという強い欲望を、彼はもう一度かみしめた。しかし、白いどんよりとした空は、さらにこういいつづけた。

（それがお前の人生か。なんと憐れな、なんとみじめな人生だろう）」

この語りかけの手法は遠藤文学のなかで見逃せない視点である。それは多くの場合「風」を通して描かれている。

「雪」――浄化の願い

「なまぬるい春の黄昏」（一九六八年）、この短篇は遠藤の病床体験が大きく影響した作品である。本作品に登場する九官鳥や、病室で手を握り合う夫婦など、これ以降の作品にもたびたび描かれている。主人公の男が「雪」を見つめるシーンは「哀しみの連帯」、という遠藤文学のテーマともかかわりがある。

「中庭も向うの病棟の屋根もうずめた雪を眺める。あんなに汚なかった中庭が一面、純白である。窓をあけると、つめたいが、しみるような風が、粉雪をまじえて彼の顔にふきつけてくる。彼はその風に、顔をさらしつづける。すべて、汚ないもの、よごれたものが、その雪と風とで浄《きよ》まり、すべて彼の心にある暗い情念がこの風で飛び去ることを念じながら、風に顔をさらしつづける」（「なまぬるい春の黄昏」）

遠藤は多くの小説、エッセイのなかでも「雪」について触れている。留学時代に過ごしたリヨン、この一節からも作家が求め続けたものが見えてくる。

「ながいながい一冬の間、ぼくはどれ程、霧の夜ではなく、雪の夜を求めたことだろう。ああ、ある夜、音もなく降る雪の夜。人々がねしずまっている深夜、雪は、いつか、ぼくらの残した歎かいや苦悩、かなしみを、そっと白く、浄化してくれるのだ。」（「冬―霧の夜」）

遠藤は「雪」と「風」によって人間の持つ汚いものや汚れたものが浄化することを願っている。そして暗い、邪悪な情念を風が吹き飛ばしてくれることを念じているのである。

「火」――裏切りの前夜

自然描写、風景だけではない。「火」にも注目し考えてみたい。時にそれは焚火であり、煙草の火であり、一つの象徴として物語の一端を担っている。取り上げる作品は「海と毒薬」である。

「『海と毒薬』ノート――日記より」によれば「海と毒薬」が「その前夜」と題して構成されていたことがわかる。遠藤にとってそれは「何かを裏切ろうとする日」の前夜を意味してはいないだろうか。

「海と毒薬」の一場面。生体解剖の実験がある、その前夜。若い二人の医師、戸田と勝呂はその実験に参加するかしないか迷っていた。戸田は勝呂に一本の煙草をすすめる。多少長くなるがその場面を引用する。

「その一本をとって勝呂はともすれば消えがちな火口《ほくち》を眺め、眺め、黙っていた。

「お前も阿呆《あほ》やなあ」

と戸田が呟いた。

「ああ」

「断ろうと思えばまだ機会があるのやで」

「うん」

「断らんのか」

「うん」

「神というものはあるのかなあ」

「神?」

「なんや、まあヘンな話やけど、こう、人間は自分を押しながすものから——運命というんやろうが、どうしても脱《のが》れられんやろ。そういうものから自由にしてくれるものを神とよぶならばや」

「さあ、俺にはわからん」火口の消えた煙草を机の上にのせて勝呂は答えた。

「俺にはもう神があっても、なくてもどうでもいいんや」

神はいるのか、その問いにはもし神がいるならなぜ自分をこんな目にあわすのか、自分はどうしたらいいのかという悲痛な叫びがある。その問いに、この時遠藤の神は答えない。

ただ作者は、勝呂が「火のイメージ」で生体解剖に参加する気持ちになっていくことを対談などで暗示している。

「火」は本来、聖書のなかでは「聖霊・最後の審判」の象徴とされている。たとえば芥川龍之介の「おぎん」や「地獄変」などでも「火」は効果的に使われている。かつて遠藤は三好行雄との対談で、芥川作品ではキリスト教が「父の宗教」「裁く神」のイメージが強いことを述べている。芥川の「火」は文字通り地獄の火である。

たとえば「沈黙」の一場面を思いだしてみたい。

ロドリゴが日本に上陸した後、役人から逃れ、キチジローと山中をさまよっていた場面。ロドリゴは怯え続けていた。キチジローはいつ裏切るのか分からない。役人に自分の居場所を売れば報酬を得られることはわかっていた。

「あたりは闇にとざされました。山はひえびえとして、露が体にまでおりはじめ、火の横で私は眠ったふりをしてねそべっていました。寝てはならぬ、キチジローは私が眠りに落ちたあとそっと抜け出すつもりでしょう。おそらくこの男は、仲間たちを裏切ったように私を売るにちがいない。（略）／灰になった枯木の中に新しい枝を放りこみ、両手をかざしたまま彼は幾度も幾度も溜息をついていました。赤黒い炎が頬肉の落ちたこの男の横顔を浮かびあがらせていました。それから一日の疲れで私は眠ってしまいました。時々眼をあけるとキチジローが炎のそばに坐《すわ》っているのが見えました」

キチジローは焔を見つめながらおそらく自分が何をすればいいのか迷っていた。一方、ロドリゴはいつも聖書の場面を思い出し自分と比較していた。もしイエスならこんな時にはどうしたのか、イエスなら何を言ったのか、どう行動したのか。勿論この時、ロドリゴはユダがイエスを売った晩を頭に浮かべていた筈である。弟子たちが寝静まったゲッセマネにユダが兵士たちを先導し、細い枝を束ねその先に油を塗り火をつけた「炬火の黙々たる火の列」がイエスに迫ってきたあの場面を。

遠藤はこののち、「イエスの生涯」で「愛の火を地上に投じるために、自分の人生があった」と愛の火を語るが「海と毒薬」にはまだ愛の火が見えない。ただ、裏切るその前日、焔は主人公たちの胸のなかで揺れているだけである。

「午後三時」――運命の時

さらに「海と毒薬」にはキー・ワードが見つかる。「午後三時」である。

生体解剖が行われた手術当日の場面を思い出してみたい。先の場面にもあったように手術を前に勝呂と戸田は重苦しく憂鬱だった。おそらく勝呂は、今なら戻れる、引き返すなら今だ、と思っていたに違いない。しかし、そんな間にも着々と手術の準備が整っていく。その時、手術室の前に数人の将校たちがやってきた。彼等は大声で、術後にこの患者の生肝をでも食べ、宴会しようと談笑していた。

若い医師はあたかも、イエスが捕らえられた晩の弟子たちのように怯えていた。勝呂は引き返すチャンスを失い、手術室のなかに足を踏み入れた。その時、勝呂は今さらながらに、ここで今行われようとしていることは「殺人」であることを意識した。勝呂は手術室の扉を、そのノブを握ったが、そこから出ることはなかった。手術室の前では将校たちが再び笑い声をあげる。その笑い声は勝呂に手術室を出ることを押しとどめ二度目の機会を失った。そして三度目。捕虜に麻酔をかける時、勝呂はもう一度手術室を出ようとするがここでもそれを果たすことはできなかった。

それはあたかもイエスが十字架に磔《はりつ》けられた正午、そして三時間後に息を絶えた時間を思わせる午後三時（八分）に生体解剖手術がはじまった。弟子のペトロは捉えられた時、三度、イエスを知らないと拒んだというが、勝呂はこの悪の行われた場所から、三度、退出する機会を失った。つまり、この時と同様、イエスが磔刑に処せられた時は太陽が姿を消し、三時ごろまでには地上が暗くなっていったように、術後、遠藤作品のなかで恩寵の徴として扱われた「日射し」はあくまでも弱々しく、そしてわびしい光となる。

「海」——毒薬と対峙するもの

そして、表題ともなった「海」を考える。物語の序盤には、抵抗する奴らがいれば、樹に括り付け突撃の練習さ、というガソリンスタンドの親父が登場したり、南京で憲兵をしていたかのような眼のくぼんだ洋服屋の男が描かれる。そこに描かれる日本人たちは、皆どこにでもいる普通の人物たちなのである。訪れた運命に抗うことなどできない、戦争を潜り抜けた人たちである。

先に勝呂が屋上でごく当たり前に自分の夢を語るシーンに触れた。そこからは「海」が見えていた。夜ごとの空襲で日々人の命が失われていくなか、勝呂は病院の屋上に登った。日々、人の「死」に慣れていく自分。その恐ろしさを勝呂は感じていた。遠藤はその気持ちをこう綴っている。

「私はこの怖ろしい事件の舞台になった九大医学部の建物のなかにもぐりこみ、屋上の手すりにもたれて雨にけぶる町と海とをじっと見つめていた。その時『海と毒薬』という題が浮かんだ」(「私はなぜ小説家になったのか」)

かつて「海」はキリスト教の教父たちが海を真っ暗で怖ろしい深淵、奈落であるという理由から「悪魔と悪霊の世界に属するものと見なし」(『聖書象徴事典』)たが、遠藤にとって「海」は「人間のなかの毒薬と対峙するもの」（『人生の同伴者』）でなければならなかった。勝呂にとってはこの海を見る時は辛いことを忘れられるひと時だった。

さらに『海と毒薬』には繰り返しポプラの木を伐る老人が登場する。勿論名前もわからない、無名の登場人物である。ポプラは、十字架を造る木とも言われている。イエス自身がポプラの木から十字架を造るように強制されたという伝説もある。そのためにいくつかの国ではポプラが神聖なものと考えられ、フランス系カナダ人の木こりのなかにはポプラの木を伐るのを拒む人もいるという。またギリシャ神話ではハーキュレスが毒蛇に嚙まれた後、ポプラの葉のなかに解毒剤を見つけたという話もある。さらにイスカリオテのユダが首を吊った木、という説もある。『海と毒薬』の老人の存在や木が伐られていく様子は、この物語の進行、生体解剖の時間が午後三時に設定されていることからイエスの磔刑が意識されていると思われる。

「赤」――ユダの存在

イスカリオテのユダ、彼の髪は「赤」かったと言われている。バークレーによれば、イスカリオテのユダの名前には意味があるという。つまり「イスカリオテ」（Iscariot）という名称は「シカリウス」（Sicarius）という名前と関連があり、「シカリ」（Sicarii）の意味は「短刀の保持者」(『イエスの生涯』Ⅱ)であるという。イエスは短刀の保持者であるユダをなぜそばに置いたのか、という疑問は消えない。世界の歴史的対決を描いたゴルトシュミット・イエントナーは『七つの歴史的対決』の一つにイエス対ユダの闘いを取り上げている。中世における造形美術では、悪狐とされた人間の特徴として、ユダの毛髪は赤いとまで言われた。またユダは裏切りで得た銀貨を投げ捨て自らの命を断ったというが、祭司長たちは血で汚れたこの銀貨を神殿に納めることはできず、その銀貨で土地を買い墓地にしたという説もある。聖書のなかではユダが木で首を吊ったとはかかれていない。にも拘らず、その木はおそらく「ユダの木」(セイヨウハナズオウ)であると言い伝えられた。この木は最初白い花びらを付けたが、ユダが首を吊った後はそれを恥じて赤い花びらをつけるようになったというまことしやかな伝説まである。遠藤の小説には「白」、「黒」、「黄色」など肌の色を思わせる様々な色が意味を持つ。先に述べた「砂の上の太陽」でも、「赤」は印象的に語られている。

「薔薇」――愛の視線

最後にもう一つ「薔薇」という言葉にも注目したい。
薔薇は花の薔薇、薔薇色の空、薔薇色の光など、多くのケースに用いられている。先に挙げた「稔と仔犬」にも、主人公の稔が駆けていく広場に「薔薇色の空」が多く描かれ、マリア像にあたる薔薇色の光は効果的に使用されている。作品には表題として小説『薔薇色の門』、戯曲『薔薇の館』などが挙げられる。それらの作品では「薔薇」は苦しみに相対するものとして存在している。

高校生向けの雑誌に連載された小説「薔薇色の門」は、受験生活に悩む弟へ、兄が送る励ましの手紙の形式で綴られた。遠藤周作の言葉に「我々の人生のどんな嫌な出来事や思い出すらも、ひとつとして無駄なものなどありはしない」(「何一つ無駄ではなかった」)(傍点引用者)というものがある。それは言葉を変えれば、どんなマイナスも見方を変えればプラスになりうるということである。この小説の「兄」の回想はおそらく遠藤自身のものと考えられる。「兄」、つまり遠藤が経験した受験の失敗や浪人生活も「嫌な出来事」の一つには違いない。また彼にとって数学の証明問題の答えに「サウデアル。全クサウデアル。僕モサウ思フ」と書き、教師に平手で叩かれたことも苦い思い出の一つだろう。しかし、受験に失敗した遠藤は学校をさぼり、その時をきっかけに宝塚図書館に通いだす。トルストイ「戦争と平和」、ツルゲーネフ「父と子」など、それは少年遠藤にとって未知の世界として広がっていった。「今にして思えばあの図書館は「本に接する」ことを教えてくれた点で私の人生にとって夙川の教会とおなじようになつかしい場所である」（「私の履歴書」）と言い、彼は「小説の世界」にのめり込んでいく。また当時「駄目な連中と毎日、顔をあわせ、彼らとつきあっていたから、今でも不良や劣等生の心理は多少わかる」（「隠れた才能引き出せ」）といい、齢を経てからも彼らと友人として交際を続けていると語った。一見マイナスに見えた浪人生活や挫折の繰り返しが、やがて彼にとってプラスの方向に動いていく様子を遠藤は数々のエッセイでも綴っている。

遠藤の学生生活を述べるうえで忘れてはいけないことは、彼の学生生活が戦時中であったことである。「鈍感な私のような中学生さえも、時代の微妙で不安定な息ぐるしさを、毎日感じていた」（「私の履歴書」）という遠藤は、その後自分と同じ年齢の多くの若者が戦時中に命を落としたことを知る。彼らへの想いは遠藤が留学生としてフランスに渡った日から変わらない。それらの体験を踏まえたうえで読み進めていくと、この小説では受験の失敗や、思いが届かない苦しさなど挫折が繰り返し語られていく。そのなかで一見マイナスに見えたものにもどこかにプラスの要素があることを作家は学生たちに語りかけていく。ここでは「薔薇」はほんの一つの灯にすぎないかもしれない。しかし、主人公たちが色々な想いをかかえて薔薇色の門の前に佇んでいるシーンがある。そこにあるものが単なる鉄の門ではなく「薔薇色の門」であることもまた作者からのエールなのかもしれない。

そして、最も注目したいのは「薔薇の館」である。この戯曲は一九六九年、劇団「雲」により上演された。この戯曲に登場する青年・高志は徴兵され「汝、人を殺すなかれ」と説くキリスト教を信じる信者でありながら、戦地に行けば敵を殺さなければならない、究極の選択を迫られ、悩み苦しむ学生である。遠藤自身もまた、天皇と神とどちらが大切なのかと憲兵に詰問された経験を綴っている。高志はこれらの疑問を抱えながら入隊を迎えたが、それを拒み、逃走し、警察に捕らえられた挙句窓から身を投げてしまう。舞台にはそんな高志に何もできなかった無力な修道士ウッサンが登場する。ウッサンは愛する高志を失った恋人トシ、哀しみの大きさに正気を失った彼女のことも救えなかった無力感に捕らえられていた。追い詰められたウッサンは、唯一できる行為でもあるかのようにトシから飲んでほしいと渡された、砒素の入った葡萄液を一気に飲んでしまう。

ウッサンは二階に上がり、一人死んでいく。果たしてウッサンは一人みじめに死んでいったのか。この戯曲のある場面に注目したい。高志が自殺し、教会に数々の困難が降りかかっていた頃、この教会の庭には薔薇は咲いていなかった。

「ここ、薔薇のかわりに苦しみでいっぱい。その苦しみをわたくし、基督のように全部肩に背負うことできない。わたくし駄目な人。わたくし駄目な修道士。なにもできない」

かつてダンテは『神曲』のなかで白いバラを地獄からの救いとして描いた。「薔薇」は苦しみに相対するものとして存在している。聖書のなかでは聖母の象徴として多くの場合、薔薇ではなく白百合が使われている。これは被昇天伝説の影響とであるといわれまた受胎告知の際、天使が手に持っているのが百合の花であることもその一因といわれる。しかし、もう一つこんな伝説がある。それはマリアが亡くなって三日後の話である。人々が墓に行くとそこにマリアの亡骸はなくなっていた。そこにあったものは白い百合と数本の薔薇であったという。遠藤がイエス像に聖母の姿を重ね合わせていることは多くの知られるところである。私は薔薇に込められたもの、それこそが遠藤の示す「愛」であり、そこに遠藤の母なるイエスが存在するのではないかと考えている。

ウッサンは砒素の入った葡萄液を飲んだ後、「何もできなかった」とトシにむかって繰りかえし呟く。そのウッサンにトシはこう語りかける。

「でもウッサンさんは、薔薇の花を、上手に咲かせたもん。教会の庭に……」

登場人物たちは皆、辛いことが続く日々のなかで、いつかこの教会の庭に、多くの薔薇の花が咲くことを願っていた。その薔薇の花は、ウッサンによってたった一輪であったかもしれないが、彼等の心のなかに咲いたのではないだろうか。作家はこれらの象徴を通して、普通の人たちが感じる神の存在を描こうとした。つまり、このイエスは我々の住む町にこそ存在しなくてはならないからである。そしてそのイエスに触れたことで、人間を見つめ、弱い人間こそ抱きしめ、愛を実践していく姿にこそ、遠藤は「復活」を見るからである。

多くの象徴が込められた作品のなかでも「薔薇の館」は青年遠藤が月一回堀を訪ねて訪れた軽井沢を舞台としている。後年、遠藤は毎年のようにこの地を訪れ、多くの作家たちや友人たちと交流した。この戯曲の舞台は旧道からやや細い道に入った聖パウロカトリック教会である。かつてはその敷地内にあった幼稚園。幼い子供たちの声が響いていたその場所も今、その建物はない。一九三五年に建てられた教会、多くの外国人修道士がいた司祭館もひっそり静まり返っている。教会の重い扉を開けると淡い光のなかにマリア像が見える。その光はまるで薔薇色に輝き、マリア像を照らしている。

第五章　作品の種――「夜と霧」

遠藤周作が常にそばに置いた一冊の本がある。ヴィクトール・E・フランクルの『夜と霧』。

「夜と霧」については既に多くのところで論じられているので詳細は省くが、この作品にはナチスが戦時下、ユダヤ人やポーランド人をアウシュヴィッツ収容所で虐待し、虐殺したことなどが書かれている。

一九四〇年以降、ナチスは、かつてポーランド軍の基地であったオシフィエンチム市を含む一帯に捕虜収容所を設立した。なぜなら、その場所は交通の便がよく、捕虜の輸送に適していたからである。第一収容所はアウシュヴィッツ、第二収容所はビルケナウに建設された。

「アウシュヴィッツ収容所」と呼ばれたこの収容所の初代所長には、ドイツの将校・親衛隊のルドルフ・ヘスが就任した。そこで行われた大量虐殺については述べるまでもない。

ユダヤ人を筆頭にポーランド、チェコ、ユーゴスラビア、オーストリアなど多くの人々が連日収監され、病人、老人、女、子供たちなど力のない者たちは「選別」され、直《ただ》ちにガス室に送られた。

著者であるフランクルはウィーンに生まれた。精神科の医師であったが、ナチスドイツのオーストリア併合に伴い強制収容所に収監された。彼はひそかに隠していた紙に収容所の一部始終を書き留めた。勿論、発表できる保証はなく、彼が自分の意志で書き留めたものである。

なぜ、その一冊を遠藤周作は持ち続けたのか。

遠藤周作にとってアウシュヴィッツが大きな存在となったのは、留学時代のことである。後の章でリヨンについては改めて述べるが、この街を歩けば、「この地下室でゲシュタポが拷問を行った」と記された古い建物の壁があり、彼は何度もそこで立ちどまっている。また、機会を見つけてはアウシュヴィッツ収容所の写真展を訪れていた。その時のことを彼はこう記した。

「凄惨、眼を覆うばかりの各収容所の写真は、私に悲しみや苦痛感ではなく、まず生理的な烈しい嘔吐感を催させたのである。／私は人間が神にはなれないにしても、悪魔にはなれることをこの記録と写真とで知った」（「ヴィクトール・E・フランクル『夜と霧』）

そして留学も終わりにかけて病に侵された遠藤周作は療養のため、パリのジュルダン病院に入院した。クリスマスに近いある日、彼は車椅子に乗せられた中年の女性に出会う。女性はやせ細り、まるで骸骨のようだった。看護婦によるとこの女性はナチの収容所で、医学実験の材料として、色々な菌を植え付けられたという。遠藤はアウシュヴィッツ収容所の写真展などを訪れてはいたが、実際にその目で被害を受けた人物に会ったのはこの時が初めてだった。遠藤が留学を通して見た悪の世界は、日常の世界にこそ存在する。そして人間一人一人の心のなかに沈んでいることを彼はこの時期、十分意識し始めたといってもいい。

一九五五年に発表された「白い人」には拷問された者が、翌日には拷問する者となる、つまり誰もが手を染める悪の世界が描かれている。それは、人間の心の奥底、意識下にある悪の問題でもあった。遠藤周作はここで、性衝動が悪を志向する世界、ナチス占領下のゲシュタポの執拗な拷問やサディズム、徹底して悪を志向する世界、そしてナチスに協力する主人公を描いた。佐藤泰正との対談がおこなわれた『人生の同伴者』では、佐藤が遠藤文学のひとつの基点として、「アウシュヴィッツ以後」という観点から「悪」の問題についての重要性を語っている。「戦後文学のテーマのひとつであるこの問題を取り上げた作家が存在していたか」が問われ、佐藤はその担い手として遠藤周作を挙げている。遠藤周作はその後、「女の一生」「死海のほとり」などの作品でもアウシュヴィッツの問題を取り上げ、「女の一生」のあとがきには「もちろん五年前、ポーランドのアウシュヴィッツ収容所をたずね、地獄ともいうべきこの大量虐殺の場所でコルベ神父が人間の尊厳を示してくれた飢餓室の前に立ったことも、この小説を書かせる別の切っ掛けともなった」と記している。

マキシミリアノ・マリア・コルベ神父は一八九四年、ポーランドで機織り職人の息子として生まれた。幼い時に、赤と白の冠を持っている聖母の幻を見たという。その冠は、殉教と修道生活を意味していた。どちらが欲しいかと問われた少年は、「両方」と答えた。その後、彼は修道院に入り、ポーランドのニエポカラノフで「無原罪の聖母の騎士修道院」を設立した。一九七六年には遠藤周作もここを訪ねている。その様子は「ポーランドニエポカラノフ村」というエッセイに記されている。

彼が一九三〇年、宣教の為、長崎に来日したことはよく知られている。結核に侵されながらも、彼は大浦天主堂の近くに印刷所を、その後修道院も開設した。ポーランドに帰国後、第二次世界大戦が勃発し、神父はナチを批判したことからドイツ軍に逮捕され、一九四一年五月にアウシュヴィッツ収容所に移送された。

同年七月、一人の脱走者が出たため、見せしめに十人の収容者が処刑されることになった。指名された男の一人が、自分には妻も子もあると泣きだした時、身代わりを申し出たのがコルベ神父だった。八月、神父は飢餓室に収容され、一九四一年、フェノール注射を打たれ死亡した。この時の様子を遠藤は「死海のほとり」でマデイ神父として描き出している。

また、一九六六年の講演会「孤独と信頼―文学雑感」のなかで、遠藤にとって一つの作品を作り上げる際に、この「夜と霧」が重要な要素であったと語った。「夜と霧」を通して遠藤文学、特に「沈黙」を考える上で、新たなヒントが明かされている。

遠藤周作の代表作が「沈黙」であることはいうまでもない。「沈黙」には「神の不在」を問う姿や、棄教した神父を主役に据え、遠藤にとっての信仰、文学、そして何より「愛」の本質が描かれている。しかし、もう一点、ここには「人間への信頼」が問われている、と作家は説く。

「もし人間が信頼できるものならば信頼したいと思います。そして信頼したいと思うからこそ私は小説を書いているし、これからも書くつもりなのです。／どうしたら人間が信頼できるか、ということを、私は今まで、ネガ的な否定的形でしか書きませんでしたけれども、そうではなくて、それを積極的な形で書きたいと思いました」と告白する。そして今度「やっと書くことが出来」た作品、それこそが「沈黙」に他ならない。

「私がその小説でたどりついた解答の種になったのは、一冊の本であります。それは、フランクルという人が書いた「夜と霧」という本です」

『夜と霧』のなかで問われた「人間への信頼」についてというテーマは、『沈黙』においても重要であり、それはまた、人間をどのように再発見できるかが問われたともいえる。私たちはもう一度この疑問に立ちかえる。なぜ、作家の傍らにはいつもこの本があったのか。

遠藤周作がアウシュヴィッツ収容所を訪ねたのは一九七六年、『沈黙』がポーランドのピエトゥシャック賞を受賞し、その授賞式にワルシャワに向かった時のことであった。その際、アウシュヴィッツ収容所を訪れた彼が見たものは、やせ細った囚人たちの写真、囚人たちの髪で編んだ織物、うずたかく積まれた眼鏡の山などであった。その収容所の実態を見た遠藤は、神がいるならなぜこんな悲惨なことが起きるのか、果たして人間は信じられるのかを問い続けた。その様子は「アウシュヴィッツ収容所を見て」など多くのエッセイや先に挙げたように、多くの作品のなかで語られている。遠藤周作はアウシュヴィッツを訪れた夕方、本屋に行き、仏訳の『夜と霧』を購入した。この悲惨な地でフランクルが冷静に記録したその気力を自分も味わいたかった、やりきれない心を何とか鎮めたかったからというが、果たしてそれだけだったのだろうか。

「夜と霧」には収容所の日々が丹念に綴られていた。たとえば発疹チフスがはやった時のこと。少しでも体調が悪いことがナチスにわかれば即、ガス室行きとなる。そんな彼らのたった一つの悦びは一日一回の小さなパンの配給だった。その一つのパンがどれほど貴重なものであったかはたやすく想像ができる。彼らはそのパンをどう食べるのか常に議論していたという。もらったらすぐ食べるのか、小さくちぎって何度も「かすかなかなぐさめ」を味わうのか。フランクルはその一日たった一つの食糧であるパンを、再び回復する望みのない病人に譲った者がいたことなどを記録している。しかし、そこにはまた、次のような記述もあった。昼間はユダヤ人の母子をガス室に送り、脱走した者を、見せしめのため収容所にあるポールに吊るした将校が、家に帰ると子供たちの頭をなで、膝にのせ、クラシックの音楽を楽しんだという。

遠藤周作は悪の世界を見続けた作家でもあった。それは人間の意識下の悪であり、許しを請う罪の問題ではなかった。しかし、その意識下に潜む悪に対抗するものを誰よりも求めていたのは作家自身であった。人間を虐殺し、多くの命を奪った者もまた同じ人間であった。作家はその黒い一点を見て見ぬふりはできない。人間を見つめるならば、むしろ、誰もが持つ悪の心に向き合わねばならない。

フランクルは言う。

「わたしたちは、おそらくこれまでどの時代の人間も知らなかった「人間」を知った。では、この人間とはなにものか。人間とは、人間とはなにかをつねに決定する存在だ。人間とは、ガス室を発明した存在だ。しかし同時に、ガス室に入っても毅然《きぜん》として祈りのことばを口にする存在でもあるのだ」

遠藤作品には多くの無名の登場人物がいる。たとえば、「死海のほとり」には一人の青年が登場する。はじめ筆者はこの青年を「若い男」としか書いていない。彼の名前がヘンリックとわかるのは物語が進んでからのことである。

一人の逃亡者が出た見せしめに十人収容者が処刑されることが決まった日。囚人たちは外に整列させたれた。処刑される人を選ぶ将校が近づいてくる。どうか自分をあてないでくれ、と青年はひたすら祈った。指名されたのは彼の隣の男だった。男は泣き崩れた。おそらく青年はホッとしただろう。助かったと思ったその瞬間、男の身代わりを申し出た痩せた眼鏡をかけた男の声を聞く。

「私をその男のかわりに……」

それは「奇蹟」の瞬間だった。人が殺されることに何の違和感もないこの収容所で、何とかして、人を陥れても生き残りたいと皆が願っていた。そのなかで、処刑される他人のために「自分を身がわりに」と申し出る人間がこの世にいたことに誰しもそこに「奇蹟」を見た思いがした。

初めてこの収容所に来た時、青年は神父に自分が生き残れるよう「あんたの神様に祈ってくれ」と頼んでいた。自分だけ生き残ればいい、彼はそう思っていた。神父は青年に収容所には「愛」が必要である、もし「愛」が無いなら「愛」を作らねば、と説いたが、青年はこう訴えた。

「(俺はあんたじゃない。俺は神父じゃない。普通の平凡な男だ。俺はあんたのように誰かの身代りとなって飢餓室で死ぬことなど、とてもできない)」

囚人たちはなぜ神父がこのようなことをしたのか分からない。身代わりとなって処刑される、それが「愛の行為」なら、自分たちにはできない、無縁の行為だと思った。「若い男」は多くの無名の囚人たちの心を表す人物として描かれている。しかし、この神父の行為は彼の心から離れない。

またもう一人、ごく普通に生きてきたドイツ人の医師がいる。一九八〇年に発表された「女の一生」に描かれた神父を最後に診察する医師である。名前こそホフマンとついているが、登場するのはごくわずか、二場面である。彼は上司の命令でユダヤ人たちの収容所にやってきた。一人の逃亡者の見せしめに処刑される十人の収容者たち。彼等は一つのパンも一滴の水も与えられない飢餓室に送られた。囚人たちは次々と死んでいくが、神父は生きつづけた。十四日後、早くこの十人に始末をつけたいナチたちは、生き残った四人の囚人に石灰酸の入った注射を打とうとする。上司に命じられたことをひたすらこなすホフマンに、コルベ神父に死をもたらす注射を打て、という命令が告げられた。命令は絶対、拒否することは彼の死を意味する。作者はこの場面を次のように記している。

「おそらくあの男はこんな収容所にまわされなければ、どこかの田舎の町で小さな医院をやっていただろうとマルティンは想像した。町の人から愛され、若い娘の結婚式にはいつも招かれるような善良な医師だったろう。／だが運命が彼をここへ連れてこさせ、運命が彼を今、あのコルベ神父を殺す当事者にさせてしまった」

訪れた運命は彼が今まで生きてきた人生を予告なく打ち壊す。言い訳はできない。彼はコルベ神父の命を奪った医師として生きていかなくてはならない。

しかし、そこから、遠藤文学は始まるのではないだろうか。その医師の人生を非難するのではなくその辛さを分つイエスこそ遠藤の描く神の姿である。それは神父や信徒のものではなく、普通の人、ごく当たり前の人生を歩む人が、たとえ本人が意識をしていなくてもどこかで見ている存在を表している。そして、先に挙げた若者は物語の終盤には、たった一つの自分のパンを譲る姿が描かれていく。

確かにマディ（コルベ）神父は欠かせない登場人物である。しかし、この一人の青年、無名の医師もまた遠藤作品には欠かせない人物たちなのである。彼等は一人の人間として精いっぱい生き、普通の暮らしをしてきた人たちなのである。大きな望みを掲げたわけではない。今日一日を幸せに生きようとした普通の人間たちである。その人々を飲み込み、砕き、巻き込んでいく「悪」の渦のなかで、どのように生きていけばいいのだろうか。

遠藤周作は「夜と霧」に描かれた世界を読み、現実とは思えない悲惨な収容所を見て「神はいるのか、もし本当に存在するなら何故このようなことが起こるのか」と問い続けた。そして果たして人間は信じられるのか、信じるに値するのかという切実な叫びもまた聞こえてくる。しかし、その悲惨な現実のなかでも、「夜と霧」に示された、人間を信じることと、人間の自由についての記述は遠藤周作にとって生涯消えることのないテーマとして存在する。しかし、信じることにはいくつかの痛みも伴うこと、その苦しみのなかから初めて信じることが見えてくると作家は問いかけた。

遠藤作品には純文学とはまた違ったジャンル、「おバカさん」「ヘチマくん」などの作品があるが、そこに登場する人こそたった一つのパンを、病人に譲った人たちなのである。

遠藤は言う。

「彼等が今、生きているならば昔と同じように無名で、つつましやかにどこかの町で暮しているかもしれぬ。だがその人たちこそ、この収容所を見た者に「人間はやはり信ずるに足る」という証明をしてくれたのである」(「アウシュヴィッツ収容所を見て」)

彼等は時には他人のパンを盗み、一秒でも長く生き抜けるよう日々工作した人物だったかもしれない。しかし、そのなかで、たった一回であったかもしれないが、体の弱った友人に自分のパンを譲った人がごく少数だが存在したことも事実なのである。これ以外に彼らができる行為があったろうか。それは悪に立ち向かうたった一つの方法であった。それは遠藤文学が描く「愛のかたち」でもある。

「夜と霧」には人間の非情なまでの悪の行為が描かれ、そのなかに一条の光が描かれている。そして被虐・加虐の行為のなかに、人間は悦びすら感じることからも目を逸らすことはできない。その清濁併せ持つ人間の心をこの作品は記している。そして、そこには人間の悪に眼を背けず、信じることの意味を問い続ける作家遠藤周作の姿がある。

雪道の続くアウシュュヴィッツ収容所を歩くと、コルベ神父が死亡した飢餓室に続く一本の道が見えてくる。その道のわきには物干し棒のような鉄の棒があり、写真付きのパネルが後ろに見える。写真を見るまでもない。囚人たちはここで見せしめのために吊るされた。

飢餓室のある第十一棟の入り口の雪は多くの人に踏まれ、地下への階段はその雪水が浸入し、ぬかるんでいた。滑らないように降りると立牢と呼ばれた四角い鉛筆箱の様な形の木の箱が見えた。六人の囚人たちは立ったまま、身動きができないその箱のなかでひたすら死を待った。内側の壁には擦れた跡があった。その奥に見えた部屋が飢餓室、コルベ神父が最後を迎えた場所である。本来あった扉は取り払われ、代わりに焔を形どった鉄の門が設置されていた。その扉には誰が架けたのか白いロザリオがゆれていた。六畳ほどの部屋には、日々処刑が行われていた中庭にむかって約六十センチ四方の小さな窓が一つ見えた。部屋の中央には白い蠟燭がともされ、壁に残るひっかき傷を映し出していた。ここで神父は飢餓のため死去するはずだった。しかし日が経っても死なない神父に対し、ナチは注射による死を行った。遠藤が思い出すと吐き気と息苦しさに襲われたという飢餓室は神父だけではない、多くの人間がつく、ため息と哀しみに満ちていた。

遠藤周作はこの地でコルベ神父の行為に「奇蹟」を感じた。しかし、彼が心を砕いたものは名もない人たちの行為であった。彼等は収容所という特殊な場所のなかでも、たった一つできること、それを行った。しかしそこには何らかの苦痛や悲しみが伴うこともまたこの作家が描いたことなのである。「夜と霧」は遠藤文学の種となり作家は「悪」の世界と同時に、人間を見つめることから「愛」の世界を描いた。

第六章　「狐狸庵」と「遠藤周作」――ユーモアを考える

遠藤周作にはもう一つの名前がある。「狐狸庵」または「狐狸庵山人」ともよばれている。「遠藤周作」という名前はいかにもカタイ、遠藤流にいえば、NHKのような真面目な人を連想するという。そこで遠藤は自分の名前を「遠藤臭作」と書いてみたがサマにならなかった。そこで思いついた名前が「狐狸庵」だったという。そしてこの名前なら、齢を重ねた時に「孤離庵」とも「古里庵」とも書けるとし、「便利な名の上にユーモアがある」と語っている。

かつて、三島由紀夫から、なぜこんな古臭い名前にしたのかと問われた遠藤は「そのほうが、生き方が楽ですからね」と答えた。そしてむしろ「三島由紀夫」という名前は若々しい、七十代になったら違和感すら生じかねないと述べ、こう綴った。

「すばらしく敏感だった三島氏がこのことに気づかなかった筈はない――と私は思っている。（略）だからこそ、氏は四十何歳かでこの世に訣別《けつべつ》をつげた。／私は氏のことを考える時、いつも一番手を走らねばならぬ者の栄光と共にその苦しさを連想する。（略）たえず弓弦《ゆづる》のようにピンと張っていなければならぬ……」

遠藤周作は狐狸庵という名前を持つことで、素人劇団「樹座」や音痴合唱団「コール・パパス」を結成しディナーショーまでやれた、つまり人生を二倍楽しめたという。そして大事なことは「この別名を本名とおなじように大切に大切にすること」と述べた。また、「狐狸庵」とは「こりゃアカンワ」という言葉からの発想といわれているが、一九六三年に病後の静養もかねて町田市玉川学園に転居し、その家の離れを「狐狸庵」とした。

遠藤は「違いがわかる男」というコーヒーのコマーシャルに出演し、マスコミなどにも取り上げられる機会も増えた。コマーシャルだけではない、腰を曲げ、髭をつけ、杖をつき、老人の格好でレコードのジャケットも飾った。そこには笑いとほんの少しの「哀しみ」があった。かつて加藤宗哉は、狐狸庵先生が真面目であることによって周囲の人に生じる困惑を避ける方法は「滑稽をよそおうことだった」（『おどけと哀しみ』）と述べ、遠藤周作の素人劇団「樹座」の座付き作者・山崎陽子（童話作家）はこんなエピソードを披露した。

「機械音痴」と呼ばれた遠藤周作が初めてファックスを使用し、山崎陽子宅に近い出版社に原稿を送った直後、狐狸庵先生から電話があったという。「急いで窓開けて、空を見て」と言われて理由を尋ねるとこんな答えが返ってきた。「今頃そのへん飛んでる筈なんだがなぁ」(「ファクシミリ異聞」)。しかし、その機械音痴の作家は彼女が病気の際は、数分ごとに心配の電話をかけてきた。おそらく度重なる遠藤自身の病気の経験からの思いやりではないかと山崎陽子は思いを明かした。

遠藤周作の年譜を追うと何より目につくのは「病」との闘いである。留学をあきらめて帰国する時の日記には「血痰」が続く毎日が綴られていた。つまり、夢に見た留学をあきらめた時も病が彼を襲った。また「白い人」で芥川賞を受賞し、ようやく作家として日の目を見、その後発表された『海と毒薬』は毎日出版文化賞をはじめ各賞を受賞した、まさにその時も、大病に倒れ、その後、長期の入院を余儀なくされた。遠藤周作の小説やエッセイの多くに病のことが触れられていることは必然と言える。命を削りながら書いた作品のなかで、常に信じることの意味を問いつつ、そこには苦痛に歪む作家の顔と共にクスっと笑う遠藤周作の顔がある。

多くの作家仲間から「ウソつきエンドー」「電話魔エンドー」などとよばれる遠藤には「エイプリル・フール」(一九五九年)という印象深い一篇がある。仲間と「ウソくらべ番組表」というものをつくり、四月一日にいかに沢山ウソをついたかを競うという。ウソもホラも遠藤周作にとって欠かせない「笑い」の要素だが、このエッセイで遠藤は「エイプリルフール」の楽しみの理由の一つに「戦争中の思い出」があると記した。なぜなら息が詰まるような毎日、戦時下の恐怖に晒された日々のなかでわずかな時間にウソの世界を築いたからだという。

「ウソの世界、架空の世界の中では、すべての人々は善良でお人好しで、お互いに傷つけあうこともなく、そして空は碧く、花々が咲き乱れ食物も豊かにあることになっていたのだ。（略）そうした経験を経た我々はウソが決して苦しい世の中を生きるためには無駄ではなく、時には一つの祈りにも似た価値をもっているとさえ思っているわけである」

多くの著作のなかで、遠藤文学のどこに私たちは魅かれるのだろうか。そこには現代文学が見失った「祈り」があるからかもしれない。人間は苦しい時、思わず手を合わせる。祈る神は仏教でもキリスト教でもかまわない。それは人間が誰でもできる唯一の行為かもしれない。遠藤文学には「悲しみへの共感」があるといわれる。そこにあるものは、まさしく苦しみを抱えた無名の人たちと共に手を合わせる作家の姿ではないだろうか。

先に取り上げた『夜と霧』のなかにも次のような一節がある。悲惨な出来事が続く収容所のなかでフランクルは次のように綴った。「ユーモアも自分を見失わないための魂の武器だ」と。世界で一番辛く、切ないユーモアだったとしても、人間には必要なものはユーモアだと言い、彼はこう続けた。「ユーモアとは、知られているように、ほんの数秒間でも、周囲から距離をとり、状況に打ちひしがれないために、人間という存在にそなわっているなにかなのだ」

そんなことを考えていた夕暮れ、私事で恐縮だが、還暦を迎えた友人から、彼女の母の訃報を知らせる、一通の手紙が届いた。そこには、余命二か月と告げられた母を自宅に引き取り、看取ったことが書かれていた。苦痛のある身内の看病がどれほど辛いことかは想像に難くない。母を見送り、葬儀を終えたが、心身の疲れから外出もままならない日が続いた様子も綴られていた。数か月後、ようやく遺品の整理をするため母の家に行った時、本棚に目が留まった。料理好きの母は多くのレシピ本や料理を特集した雑誌を几帳面に並べていた。そこに一冊の文庫本が挟まっていた。うす汚れた本の表紙には『狐狸庵閑話 遠藤周作』と書かれていた。何気なく手に取ったその本を読むと、そこある狐狸庵先生の逸話に思わず声をあげて笑ったという。こんな時に不謹慎、と自らを責めたが、手放せずあっという間に読み切った。彼女の手紙の最後にはこう書かれていた。「いつ以来だろう、声をあげて笑ったのは」

私たちはいつの時代も日々のことに追われている。ニュースを見ると遠い国とはいえ戦禍で多くの母子が泣いている映像が毎日のように目に飛び込んでくる。今日は昨日の続きではなく、明日も、どんな日が待っているかわからない。すれ違う人たちの心にどんな辛さや悲しみが溢れているのかも想像できない。確かに一冊の本は、空腹の足しにすらならない。しかし、一冊の本、ひとつのエッセイが読者に忘れていた「笑い」をもたらすことがある。もう一度人を信じてみようと思うきっかけになることがある。

そういう私も一度ならず、「狐狸庵先生」に出会ったことがある。夏、狐狸庵先生は井上洋治神父と、「三田文学」の青年をつれて我が家の山小屋にやってきた。お酒が入り、めずらしく先生と神父が口論になった。十代の私には、「ロシア正教」、「バチカン公会議」など時折聞こえる内容が難しすぎてぼんやりしていた。その場の冷たい空気を察した先生はハッとして「よし、歌うぞ!」と言った。曲目は「モンキー・ドライバー」。「エッサ、エッサ、エッサホイサッサ、おさるのかごやだホイサッサ」と歌い、真っ赤な顔をした神父も「アンコ椿は恋の花」を負けじと歌った。その時、私の隣に座った青年がトイレに立った。狐狸庵先生は私をそっと手招きした。

「あのな、今あいつトイレに立ったやろ。あいつトイレに入っても絶対に手を洗わんのや、不潔やろう。気をつけろよ」と囁き、私は自分の席に戻った。何も知らない青年は、私の隣の席にすわり、目の前の小鉢にあった枝豆を指で摘んだ。じっと見ていた私に気づくと、

「どうぞ」とその枝豆を手渡しした。その様子を見た狐狸庵先生は右手で左の脇腹をつねるようにして笑っていた。後にも先にもあんな嬉しそうな狐狸庵先生は見たことがなかった。

遠藤周作と狐狸庵。晩年、遠藤は自分のなかのもう一人の自分を見つめる時が来る。『スキャンダル』には二重身《ドッペルゲンガー》、つまり自分のなかのもう一人の自分についてもふれながら、心の不思議さと向き合った。それは、作家が二つの名前を持つことと、決して無縁ではない。彼は読者にこう提案した。二つの名前を持ちなさいと。

「そうするとこの名前に触発《しょくはつ》されて、あなたのなかにある違った姿、違ったイメージがおのずと浮んでくる」

第七章　名もなき人の声を聴く――「無名のヴァイオリニスト」

遠藤周作はその日、過越《すぎこし》の祭を控えたエルサレム旧市街を歩いていた。町は賑わい、大勢の人々が行き交っていた。その人々とすれ違いながらピラトの官邸、ゴルゴタの丘などを歩くがまだ物語の主人公が「生きてこない」（「イスラエル旅行記」）と小説家は綴る。物語はやがて『死海のほとり』として完結する。この作品は『沈黙』から七年後、一九七三年に「巡礼」、そしてすでに雑誌に掲載されていた「群像の一人」など連作七篇が組み込まれた長篇小説である。作者はこの小説のために数回イスラエルを旅している。この「イスラエル旅行記」（一九七〇年）は、近年長崎市にある遠藤周作文学館で発見され、「三田文學」（二〇二一年　秋季号）に「日記――Réflexion」のなかの一篇として掲載された。この「イスラエル旅行記」はいわば「『死海のほとり』創作ノート」でもあった。「日記――Réflexion」は、遠藤周作が一九六一年九月から一九七四年十月十八日までを青い表紙のノート「Réflexion 2」のなかに綴ったものである。このノートには、「大岡昇平ノート」「ゴルゴタの丘ノート」「アメリカ旅行日記」「京都」「長崎」「大阪万博」「ロンドン」そして、「イスラエル旅行記」などの旅日記の他、自宅や仕事場で書かれたと思われる日々の「日記」が綴られた。なお、ノート冒頭の「病床日記」は『遠藤周作全日記』(河出書房新社)に掲載され、一九六九年末からの「日記」は「三田文学」(一九七〇年四・五月号)に一部抜粋して掲載されている。

そのほか、このノートには小説「侍」執筆のための「支倉常長」調査についての記述がある。『侍』は一九八〇年、『死海のほとり』に続く書下ろし長篇として刊行された。主人公である「H」つまり支倉常長は一六一三年月の浦から藩主の伊達政宗の命を受け、使節団長としてメキシコへ向かう。目指したノベスパニアとの通商は成立せず、役目のために改宗したキリスト教も帰国後には邪教とみなされ死を余儀なくされた。その支倉を追って遠藤はメキシコを訪れた。

インディオの部落を見るためにメキシコシティからサン・クリスドバルに着いた日。インディオが並んで遠藤たちを見ているなか、教会に入った時の記述は印象的である。「床に草をしき、蠟燭の灯があまたゆらめき、祭壇の前で女が声をあげて泣きながら祈り、そのそばに少女が一人立っている。彼女をイエスの像が泣くように見おろしている。この感動的な場面は私の小説のなかでとり入れよう」そして「Hがなぜ東に行くか、その情熱の動機を書かねばならぬ。（略）その高貴な任務遂行が最後に殿によって見捨てられる時、彼の眼から泪がながれる。その場面は感動的にせねばならぬ。」（一九七四年十月十八日）

遠藤が綴ったこの一冊のノートには、一人の作家がどのように登場人物を動かし、どのような場面を設定するのか、イスラエルなどで観た景色や人々がどのように作者の心を打つのかが記されている。読者は、作者が物語を作り上げていく過程を垣間見ることができるが、なにより遠藤文学を考えるうえで外すことのできない「死海のほとり」を理解するための一文がある。

遠藤の日記には彼の芸術体験、つまりどのような作家や作品にふれ、芝居、映画、その他の芸術に影響を受けたかが丹念に綴られている。なかでも日々書き込まれたのは「読書日記」である。ジュリアン・グリーン「夜明け前の出発」、ソール・ベロー「現在をつかめ」、クルマン「ペトロ」をはじめとする読書の、まずはその量に読者は圧倒される。なかでも今回の日記にはグレアム・グリーンに関する記述が多く「燃えつきた人間」「コンゴ日記」をはじめ、「「沈黙」執筆の時も念入りに読んだ」という「権力と栄光」、そして「情事の終り」などいかに遠藤が影響を受けたかが記されている。遠藤にとっての読書が格別な時間となっていたことは次の文章からも推察できる。

「部屋を暖めてから、いつものように書棚の中から今日読みはじめる本を探す。今日は何を読んでやろう。その本は自分に昨日まで見えなかったものを教えてくれるだろうか。というあの期待の気持ち」（一九七〇年三月六日）

そして、既にこの旅行の前に「これから書く小説について少しづつ《ママ》構想が生まれつつある」と記した遠藤は、さらに、こう記した。

「小説の内容はほとんど決定していない。主人公は日本人になるか、あるいはイエスの弟子の一人になるであろう。そのどちらを選ぶかも、まだ私の心に決まっていないし、二つを並行的に書くかもしれない」（一九七〇年四月十六日）とまだ小説が構築されていない様子がうかがえる。

冒頭に記したように「小説の主人公はまだ生きてこない」と記した遠藤は、その翌日のベトレヘムでミサにあずかった時、こう祈った。

「主よ。あなたは私にここに来るという贅沢を三度お与えになりました。あなたは私を決して見捨てようとなさらない。それを心のなかで感じて、泪が眼に溢れそうになるのを抑える」（同十九日）

そしてミサに参加した遠藤は、その時はじめて「マヌケと基督」、そして「私と基督」という「二つの独立した中篇」によってこの作品を構成しようと思い描く。さらに、死海、ジェリコを巡り、ガレリアに着いた遠藤はこう記す。

「私は今度の小説で恰好の舞台を見つけた。それは山の中に全く見捨てられたコラジンの廃墟である。玄武岩で作られたシナゴクも円柱もすべて黒い。（カフアルナムの廃墟とあまりに違う）家も階段もすべて黒い。黒い廃墟である。（略）廃墟の円柱に月光が照り、自らの背をまげた影もそこにうつる。この場面は私の小説の中でどうしても生かしたい」（同二十二日）

勿論、作者はその土地の風景だけではなく、風、植物なども日記に書き込んでいる。しかし、もう一つ遠藤が丹念にメモを取ったものがある。それは、たとえばユーカリの林の傍にいたアラビア人の家族であり、ナツメのパンを売りつけに来た老人、スナックで見かけた腕に番号を入墨したユダヤ人の女性、背中に造花を背負ってコーラを売る男、宿を営む「目のつぶれたような」老人、レストランで出会った酒を運んできた少年たちである。なぜ、作者はこれらの名もない人々を書き留めたのか。なぜなら、これらの名もない人々は、イエスが彼らにどのように寄り添ったか、誰のためにその身をささげたのかという「同伴者イエス」を作者が描くうえで欠かせない人物たちなのである。つまり、この作品で描く「同伴者イエス」がこれらの名もない人たちにどのように関わり、どのような存在として彼らの眼にうつるのかを描くためである。遠藤周作という作家が書き続けたもの、その一つは彼ら「無名の人々」であった。

一九八〇年〜八二年にかけて発表された「女の一生」は一部と二部に分かれている。一部はキクという、自分を犠牲にしても一人の男を愛し続けた女の物語であり、二部は奥川サチ子という女の物語である。主役の二人にスポットライトが当たるこの物語には実は沢山の女たちの一生が描かれている。それはほんの数行かもしれない。しかし、一人の女が泣き、悦び、時には人を恨み、祈った一生が切り取られている。

サチ子は入隊した恋人の修平の無事をひたすら祈っていた。それだけが自分がいる意味とでもいうように毎日教会への凍てつく道を歩いていた。その途中には神社がある。そこにはいつもお百度参りをする一人の女がいた。

「彼女もまた、自分の息子が兵隊にとられ、その安全を願って朝早くから神社に来ているのであろう。信ずる宗教はちがっても、愛する者を思う女の気持に変りはなかった」

それからもサチ子は何度かお百度参りする女を見かける。サチ子のできることが教会で祈ることだったように、神社でお百度参りをする女もそこで祈ることだけが彼女に残された、たった一つできることだったのだろう。サチ子はその女たちの姿にいいようのない哀しさを覚えた。息子でも、恋人でも、愛する者を思う気持に違いはない。その対象を奪われた者の辛さ、哀しさをその時サチ子は共有していた。

「女の一生」には先述したように無名の医師も登場する。ナチに処刑される捕虜の身代わりになったコルベ神父がモデルであるマデイ神父、その神父に死の注射を打てと命じられた医師である。おそらく彼はこの収容所にまわされなければ、どこかの田舎の町で小さな医院をやっていたはずであり、街の人たちからも愛された善良な医師だったはずだと作者は記す。また、遠藤周作の代表作の一つ、日本人の罪と罰の意識が問われた「海と毒薬」では、捕虜のアメリカ兵を人体実験するよう命じられ、手術に参加した医師の姿が描かれた。医師の勝呂は主人公の一人であり無名の人として描かれてはいない。しかし、彼もまた、この舞台に巻き込まれなければ、おそらく誰の目にも止まらない、平凡な医師の一人であったに違いない。

つまり、サチ子も神父に注射した医者も、そして「海と毒薬」で生体解剖に参加した勝呂もまた本来は無名の人たちだったはずである。時や時代が違っていたら平和な日々を過ごしたかもしれない。その彼らにとって、遠藤周作が描く神とは、彼らの手の届く神でなければならない。そして、彼らは何処かで救われなければならない。

ではなぜ、遠藤周作は、「無名の人々」を書き続けたのだろうか。

その疑問を考えた時、思いつく一篇に「無名のヴァイオリニスト」がある。遠藤周作にとって母は最大の存在であり、遠藤文学にとっても「母なるもの」「母なる基督」は重要なテーマであることは既に多くの指摘がある。

息子は母が亡くなった際、その母にむかってこう書いた。

「母が死んだ夜、私は彼女の遺体の横で寝た。つめたい闇のなかで、母の顔は、ほの白く、孤独であった」(「偲び草」)

母は自分を溺愛した。「彼女は私を信じつづけた。丁度、それは裏切られても、裏切られても人間を愛しつづけるあの存在に似ていた」(同)と記した。

母は高みを目指し、息子をこよなく愛した。息子にはそれが重荷であったとしても、その母を、息子は裏切り、棄てた。その息子に果たして救いはあるのか、その母を一人で死なせた息子を母は赦すのか。遠藤の小説には多くの裏切り者、イエスを売った弟子たちが描かれるが、彼ら踏み絵を踏んだ者が救われるかどうかは、遠藤自身が救われるか、母の赦しを得られるかという切羽詰まった問題なのである。

遠藤の両親が離婚を決意したため大連から帰国したのは一九三三年のことである。父は大連にとどまったが、母と兄、そして十歳の少年周作は日本へ帰国し、伯母を頼って神戸へ移住した。東京藝大出身の母郁はヴァイオリニストであり、母はそこで小学校の音楽教師として職を得た。

この一篇は遠藤周作、というより遠藤少年にとっての母の姿を綴ったものである。ヴァイオリニストの母は聖なるものを目指し、常に高き目標に向かっていく存在であった。いわば「生活」ではなく「人生」を生きた人であった。その姿は何より少年に聖なるものへの憧れを抱かせた。そして、その母の姿は小説家になった今も「いつも心に甦ってくる」という。芸術への強く厳しい想いはこのほか多くの小説にも描かれ、母は聖なるものへと少年を導いた。母のヴァイオリンへの思い、つまり芸術への思い、自身を高めようとする様子は「影に対して」をはじめ「六日間の旅行」などいくつかの短篇に描かれている。

子供の頃、思い出すのは母がヴァイオリンを手に、少しでも上手くいかないと一時間でも二時間でも繰り返し練習していた姿であった。そして、入浴の際見た母の腕は少年に強いインパクトをあたえた。練習で鍛え上げられた太い右腕を見た少年は思わずヴァイオリンを習いたいという。「およしなさい」と笑う母にせがみ、少年はヴァイオリンに挑む。しかし、母の激しいレッスンに耐えきれずわずか三か月で音《ね》を上げてしまう。ヴァイオリニストにはなれなかった少年は「小説家になってしまった」のである。

「しかしもし、小説家にしてくれたものがあるとすれば、それは無名のヴァイオリニストであった母の、毎日、毎日の勉強であり、その単調な練習の生活をみながら、ぼくが子供心にも感じた芸術のむつかしさ、困難、きびしさは今日、ぼくが自分の小説のことを考える時、いつも心に甦ってくる」と述べた。

それでは、日々努力を続けた母はヴァイオリニストとして輝かしい日を送ったのだろうか。否、その母は友人たちが演奏会を開くなか、賞賛の温かい拍手もあびたことはなかった。どんなに母が芸術の極みを目指しても、その母のヴァイオリンを聴いてくれる人はいなかった。彼女は生涯一度も演奏会を開くことはなかったのである。

「母は遂に無名のヴァイオリニストとして死んでしまった。一度もその演奏を人にきかせたことはない。しかし、ぼくだけは母が死ぬまで、そのたえざる勉強と努力をそばで見ていたのである。たとえ一度も演奏会を開かなくても、彼女はいかにも芸術家らしい芸術家だったような気がする」

遠藤周作は母からもらった洋服、キリスト教を、日本人が理解できるキリスト教、和服に仕立て直すことが使命であった。さらに多くの指摘があるように遠藤周作の人生に最も影響をあたえた母親についてふれ、「キリスト教を離れなかったのは、宗教に関心があったからではない。母親がだいじだったのです」(「文学と人生」)と語った。キリスト教を生涯棄てなかったのは、それが母から貰った「着物」、つまり、宗教だったからである。代表作『沈黙』で遠藤が踏み絵の基督を描いたのは、確かに神の愛が遠藤周作にとってテーマであったからである。しかし、その踏み絵の基督にはまぎれもなく「母」の姿があった。

その母もまた無名の人であった。決して日の目を浴びた存在ではなかった。無名のヴァイオリニストである母の哀しみをこの時「小説家」もまた共有していた。それこそが「悲しみの連帯」である。

母に関して、もう一つ避けては通れない問題がある。それは母を支え続けた神父の存在である。「偲び草」には母が、神父と友人二人に囲まれ死んだと書かれている。勿論、母が倒れた後、病院に運ばれ、治療を受け、その後病室には神父と友人がいたのかもしれない。遠藤は間にあわなかった。しかし、遠藤のなかで「母は一人で死んだ」のである。

当時の日記にはこう記されている。

「私の母は一人で死んだ。この頃、私は母の孤独にやっと気がつき、その孤独に無力であったことに泪をながすのである。／母についてはいろいろ考えた。そしてHerzog（ヘルツォグ）氏のことについてもいろいろ考えた。それらのことは次々とこの日記に書いていくつもりである」（一九六一年九月）

息子である彼は一人死んだ母を、生涯愛し、たびたび裏切った。母の孤独に対し、泪を流した。

私たちはなぜ遠藤文学に心魅かれるのだろうか。遠藤文学は護教文学ではない。そこには被虐と加虐に悦びを見出す「悪」の世界も描かれている。それではそこに描かれる登場人物の魅力だろうか。例えば『沈黙』には棄教した神父、その神父を売った男、どんな厳しい処刑も怖れず自分の信仰を守った主人公たちが描かれる。しかし、作者の視線はそこだけにとどまらない。そこには多くの無名の登場人物たちがいる。彼らはおそい来る苦しみのなか、たとえば自分の大切な人を病から助けてほしい、戦争に行った恋人を無事に返してほしい、時には自分の命を助けてほしいと祈る。その祈りはキリスト教でも仏教でもない。私たち読者はそこに自分の辛さを重ね合わせる。それらの人たちが信じられてこそ遠藤文学の「神」は存在する。

第八章　遠藤周作の日記――貫かれた神への問いかけ

「私はこういうものをやがて作品ができあがれば焼き捨てる」

遠藤周作が自身の日記について記したひと言である。つまり、小説を書き出す時に書き始めた日記は、作品ができた時には、それを焼き捨てると遠藤は書いた。

『作家の日記』は一九五〇年、六月四日「作家の日記」から始まり、「滞仏日記」「滞佛日記」など留学時代の日記、帰国後、「白い人」「海と毒薬」にむかう日記や創作ノート、そして「病床日記」や旅行日記、また「沈黙」「侍」「スキャンダル」の創作ノートや当時の日記をはじめ、さまざまな新聞、雑誌等に掲載されていた日記などが集められたものである。つまり、遠藤が留学生として海を渡る一九五〇年から、死を前にして、妻に口述筆記をさせてまで記されたその人生が日記を通して語られるのである。作家の日記は他にも数多く見受けられるが、このように一人の作家の生涯を通して綴られた日記は、貴重なことではないだろうか。

本稿の冒頭に引用した「焼き捨てる」という一節は、次のエッセイのなかで述べられている。

「作家の日記を読むのが好きである。だから親しんでいる作家で日記を書いている人がいれば愛読してきた。／今でもジュリアン・グリーンの日記と荷風山人のそれは枕頭において老齢、眠りが中断して次の睡魔を待つ間に気ままに頁を開き、再読、三読している。（中略）／そして私も継続的ではないが間をおいて大学ノートに日記をしるしている。／日記を書きだすのはいつも大きな小説を書きだす直前からである。もちろん荷風山人のように読者を意識した文学的日記ではなく、自分の小説がどのように意識下から浮かびあがり、実際の現実生活をものみこんで、進展していくかを自分のためだけに記録した日記である。／とはいえ、いわゆる創作ノートでもない。創作ノートならばその小説を作りあげる材料、人物の記録であろうが、私の場合は創作中の毎日の生活や読書も書きこんであるから、やはり日記であって創作ノートではない。／私はこういうものをやがて作品ができあがれば焼き捨てる」（「小説技術についての雑談」）

遠藤が日記を書く際、最も影響を受けたのは永井荷風の『断腸亭日乗』であることは知られている。その理由を遠藤はこう述べている。

「永井荷風の愛読者は多い。私もその一人だが彼の随筆や日記は特に読みごたえがある。

有名な『断腸亭日乗』を開くと、そこには荷風が読者を意識して創った荷風像がある」

そしてこう続けた。

「彼は死ぬまで、その孤独を捨てなかった。胃が痛むにもかかわらず、医師を訪ねるのを拒み、最後は火鉢に吐血して死んでいるところを発見された。／それは凄惨というべき死で、かつて颯爽としてボヘミヤン・ネクタイをしめ、慶応の教授であり、文名高い荷風の姿とはあまりに違っていた。／荷風の日記はこの両極端の作家の姿が浮きぼりにされている。何度読んでも飽きないのである」（「荷風の日記」）

遠藤は、荷風のほか、ジュリアン・グリーンなどの作家の日記の影響をうけていることも明かしている。

「ジイドの日記、モーリヤックの日記、グリーンの日記など、私は机から手をのばして届く書庫に入れておいて、時々、それを出して読む。（中略）私の興味を引くのは、彼らが友人の作家と交した会話や自作についての解釈や、あるいは、昨日みた夢にいたるようなことを書きつけている部分である」（「私の日記」）

作家が日記を残すことは自分一人のためなのか、または荷風のように読者を意識したものなのか、果たして遠藤の場合はどうだったのだろうか。遠藤にとって「これらの日記をつけることが色々な勉強のステップになり、刺激となっていた」（『作家の日記』「まえがき」一九八八年十月　講談社文庫）ことは間違いない。しかし、今、青年から晩年までの全日記を読み返してみると、年齢に伴う変化はあるものの、そこには他の作家とはまた違ったさまざまな形態が見えてくる。

その一つはこれらの日記が遠藤の膨大な「読書ノート」になっている点である。たとえば、一九五〇年十二月の日記から遠藤がその日に読む予定を記した書名を挙げてみる。十二月四日には「モンテルラン　サンチャゴの主の第二幕／デュ・ボス　日記／ベルナノス『クロニック』／サルトル『文学とは何か』」と書かれ、そのほか十二月だけでも、シャルリイ・ギヨ『現代のアメリカ作家』、フォークナー『音と怒り』『私がくるしんでいる時』『マーティノ博士』『野生の棕梠』等々、読者は遠藤の膨大な読書量に圧倒される。

「読書の好きな者にとって本とは毎日食べる食べもののようなもので、あまた読んだ本のなかで滋養にならなかったものもあるけれども、滋養になった本はその時はそう思わなくても実は無数にあるのだ」（「ひと、本に会う──私の読書術」）

読書の時間を心の糧とするその姿勢は、療養中でも何ら変わることはない。

「療養には今年一杯はかかるだろう。あるいは手術もあるかもしれぬとすれば、来年一杯は人の半分の生活しかできぬと思わねばならぬ。そこで、この失陥をシャバの生活ではできぬことで積極的にうずめた方がいい。退院した時、得をしたと思いたい。そうでなければどうしてこんな生活をするのか意味がない。それには勉強である。何よりも沢山本をよむことである」（一九六〇年五月二日）

遠藤がその読書歴を日記に丹念に書き残したのには、ひとつの理由がある。それは、串田孫一の日記を読んだ時の文章にヒントがある。

「私は一つの作品ができるまでに勿論、その作家の人生もあるけれども、彼が受けた芸術体験、読書体験も大きな養分となっていると思う。その作家がどういう本だけを特に愛読していたか、どう、その本を読んだかを知るためにもその人の蔵書が風に吹きとぶ木の葉になることが残念で仕方がない」（「書斎と書棚」）

遠藤は、作家の芸術体験、読書体験こそが、作家の「大きな養分」になっていると指摘した。つまり、遠藤が生きた歴史と同様に、彼の読書体験もまた「作家遠藤周作」の原点であり、その手がかりとしてもこの日記は重要な視点となる。

そしてもうひとつ、これらの日記は遠藤が小説を書くうえで大切な記録となり、創作ノートとなる。創作ノートとしての「侍」「深い河」などの日記は作品を読み解く手がかりとなるだけでなく、そこには遠藤の壮絶な病気との闘いと老いへの想いがあふれ出ている。たとえば「『深い河』創作日記」からは、常に病気と闘ってきた作家の命の痕跡が見えてくる。一九九二年二月二日を見てみよう。

「私は来年で七十歳になる。七十歳になるまで生きられるような頑健な体ではなかった。よく今日まで生きられたと感謝せざるをえない」と記し、また、同年七月三十日には次のように告白する。

「何という苦しい作業だろう。小説を完成させることは、広大な、余りに広大な石だらけの土地を掘り、耕し、耕作地にする努力。主よ、私は疲れました。もう七十歳に近いのです。七十歳の身にはこんな小説はあまりに辛い労働です。しかし完成させねばならぬ。マザー・テレサが私に書いてくれた。God blesse you through your writing.」

勿論「死」への恐怖や病気の辛さはこの時期に始まったわけではない。「作家の日記」や「滞仏日記」にも、それは毎日のように綴られている。たとえば、一九五一年十二月の日記を読むと「血痰がでた」「血痰はつづく」とくり返し語られている。そして二十三日、二十八歳の遠藤は次のような想いを吐露する。

「あと十年だけでも生きたい。このままで死にたくないのは、まだ、この地上がこの世界がどういうものかわからないからだ。／自分が何のためにこの地上で働かねばならぬかをやっと、みつけた所なのだ。あと十年だけでいいから生きたい」

そして二十九日、「自殺を考えた」という遠藤は「もし、自殺による永遠の刑罰がないなら死は、ぼくにとって何という甘い眠りであろう。もう心配する事はない。もう苦労する事もない。永遠に無為に無為に無為に……」と書き、翌日には「ぼくはこの四日間の、死についての黙想を忘れまい。今日訪れなくても明日は必ず訪れるであろう死を、ぼくはどのような姿勢で迎えるかの原理は、大体それでわかった。死への恐怖は、逆にぼくを人間への愛情と、その素晴らしさ、かなしさ、そして、それを知っている神の涙を考えさせた」と述べた。遠藤の日記にはどの時代の日記も病についての記述があり、「死」と向き合う心と、それを見つめる「神の涙」の跡がある。

さらに我々の心を打つのは遠藤が入院した一九六一年九月の日記である。「再入院」と初めに記された日記は次のような一説から始まる。

「生きているという証明や raison d'être（存在理由）を今、この日記を書きつけること以外にはないように思われる。実際の話、私は長年の病気との闘いに疲れてしまったし、今後の人生にもあまり悦びを見出しえないような状態に現在なっているからだ。（中略）私がこの日記を今日から続けていくのは、そういう自分の病気についての愚痴めいたものを書くためではなく、私がこういう肉体と心のうちひしがれた状態をどう克服していくか、それとも打ちひしがれたままになっていくかをありのままにつづっていきたいからである」

「愚痴めいたもの」を書くのではなく、病のなか如何に心が折れようとも、その姿をありのままに書き記そうとする遠藤の姿がそこにある。

そして、遠藤が日記を記すうえで貫いたものがもうひとつある。それはまぎれもなく「母への想い」である。なぜなら、それは遠藤の文学の根幹である「母なる神」へとつながり、その母なる神に向かって遠藤は日々問い続けたからである。その問いこそが「神の沈黙」への途切れることのない想いであり、そこに何らかの救いはあるのかと問う遠藤文学の原点がある。

母への想いは書斎で小説や日記を書き、読書をしている時でも同様であった。「私は書斎のなかに母の胎内のイメージを無意識に重ねることで落ちつきを感じていたにちがいない。そしてそれは私の小説にもたしかに関係を持っていることである」(「書斎と書棚」)と述べている。そして、『スキャンダル』の創作ノートのなかでも母の存在は常に意識、及び意識下で膨らんでいった。たとえば、母の死について語られた次の一文からも母の存在がいかに遠藤に多くの影響を与えたか、読者は見せつけられる。

「私の母は一人で死んだ。この頃、私は母の孤独にやっと気がつき、その孤独に無力であったことに泪をながすのである。／母についてはいろいろ考えた。そしてHerzog（ヘルツォグ）氏のことについてもいろいろ考えた。それらのことは次々とこの日記に書いていくつもりである」

さらに、興味深い点は、今まであまり語られることのなかった母郁とヘルツォグ神父との関わりについて触れている箇所である。そこでは神父を通して遠藤がいかに神と向かい合っていたかが印象的に語られる。

思えば遠藤は小説やエッセイのなかで「もし神が存在しなかったなら」と何度も問いかけてきた。「もし神が存在しなかったなら」——その問いは、遠藤自身が小説を書き続ける意味と深く関わりあっている。遠藤は「Herzog 師のこと」（一九六一年九月）と見出しをつけ、母と神父の関係についてこう記している。

「もし神が存在しなかったならHerzog 師の人生はなんというcomédie（喜劇）だったろうと私は屢々考える」と。そしてそこには母がこの神父をいかに尊敬し敬愛していたかが記され、時に、遠藤の家では、神父は「父の代わりさえすることがあった」と書き、「母は信仰的にも生活的にも、彼がいなければ生活できなかったといってもよかったのだ」とまで書いている。そして母の死が衝撃的に語られる。

「私の記憶ちがいでなければその日の朝、母は例によって烈しくHerzog師と口論した。高血圧にかかった母はその病症として怒りっぽくなっていたのである。／だがこの口論が母の脳の血管に刺激を与えたことは確かである。／母はその午後、たちまちにしてベッドについた。彼女の訴えをHerzog師はいつもの癖と思って放っておいたのだ。もしその時、適当な処置がとられたら母は助かっていたかもしれぬ」。（同右）

そして、遠藤はこう言い切る。

「いわばHerzog師は母の死の誘因になったのである」と。

さらに神父が聖職者としての地位を放棄し日本人の女性と同居することについて、「ここにも神のMystère（神秘）があるのか。それとも悪魔の笑いだけがあるのか」と問いかけた。

遠藤は「神の存在」を問い続けた作家である。もし神が存在するなら、なぜ神父はこのような運命を生きなければならなかったのか。日記のなかで遠藤は自問自答する。それは一人の神父の問題だけではない。

「1）たとえば神はHerzog師の生涯をなぜ狂わせたのか。なぜ我々には残酷とも見える運命を与えたのか。母は死の瞬間、孤独で死んだのか。／2）たとえば何も罪を犯さない子供が伝研病院であのように無意味な無駄な苦しみをするのか。／3）たとえばアウシュヴィッツで人間はなぜ苦まねばならなかったのか。その時神はなぜ黙っており、母親や老人や子供を救えなかったのか」（一九六一年九月）

これらの疑問に対して多くのキリスト者は、私達の苦しみは神の試練であるとか、神の沈黙は、神が私達に自由を与えるためであるなどと答える。しかし、と遠藤は言う。たとえ苦しみが人間を浄化するとしても、神がなぜ人間にこのような苦しみを与えるのか理解できないと。

先の章でもふれたが、人間の自由の概念と神の沈黙について考えた時、遠藤がくり返し読んだ本にフランクルの『夜と霧』がある。

「フランクルの『夜と霧』の中で収容された囚人はどんな悲惨と苦悩とにおかれても、その囚人たちの中には善をなす自由が残されていることを報告している。つまり、この一片のパンを自分がたべなければ明日死ぬかもしれない時、それを食する人間と、それを病人に与えた人間との二種類のあったことは——アウシュヴィッツのような極限的悲惨の中にも人間の自由が残されていることを充分示すものだ。

しかし人間の自由を人間の価値と尊厳とをみつけるために神がアウシュヴィッツのよう

な悪や悲惨を許容しているとするならば神はやはり cruel といわねばならぬ。そしてそれならば自由がなくても人間の幸福だけがあったほうがいいとさえ思うのは当然ではないだろうか」（同右）

そして、人間が与えた一つのパンを虚栄心から与えたとする見方について、そこに二十パーセントの事実があったとしても、残りの八十パーセントにはエゴイズムや虚栄心だけでは割り切れない何かがあると遠藤は言う。そこにあるものは「我々が人間にどれだけ信用をおくか、否かという重要な賭が残されている」（一九六四年五月）と付け加えた。

貫かれた母への想い。それが重要なわけは遠藤の「神の存在」へとつながるからであることは先に述べた。そして息子である遠藤には当時母の孤独を理解できなかったという切なさと哀しさがあり、それは日記の行間に深く刻まれている。

遠藤周作という山に登るにはどこから登ってもかまわない。純文学小説でも狐狸庵シリーズでも、エッセイでも、それらの作品を読むことで、読者は遠藤と出会うことになる。それと同様に、この日記もまた、さまざまな読み方があるはずである。

かつて訪れたフランスを「人間の永遠の悲しみといったものがかくれている」（「フランスの街の夜」）街と綴った若い日。当時の日記には日々の行事や出会った人のことを書いている。なにげない人々の表情、夕暮れにすれ違ったフランス人の老女、ありきたりの光景を描きながらそこに「辛《つら》い愛の孤独」を感じる遠藤の姿勢は小説でも日記でも変わることはない。

そして時には「創作ノート」と銘打ち、ひとつの作品が出来上がるまでの作家の構想や過程が詳しく描かれている月日には、作品の秘密がかくされている。また膨大な読書に裏打ちされた「読書ノート」を読めば、読者はそれらの本を手にとってみたくなるかもしれない。またくり返し問われる神の沈黙や、そこにある人間の自由とは、などのテーマ別に作家の考えの変化を追うこともできる。そして特に注目したいのは、近年遠藤周作文学館で発掘された数点の日記である。なかでも「病床日記」と題した日記は作家遠藤にとって「母なるもの」の存在の大きさを再確認させるだけでなく、そこで語られた幾つかのメッセージは神への率直な問いかけであり、それは紛れもなく遠藤周作の全作品を貫く一条の光となる。

遠藤は「五十五歳からの私的創作ノート」と題して一九七八年十二月三十一日から一九八一年十月九日までの日記を綴った。このノートが「侍」や「スキャンダル」を読み解くうえで貴重な資料となるのはいうまでもない。しかし、最も印象深く我々に迫るのは次の数行ではないだろうか。「侍」の完成後、翌年一九八一年の一月、「毎日毎日が死の蔭の谷だ」と書いた翌日の日記である。

「人生一般ではなく、私の人生をもう一度、嚙みしめよう。青いノートの思索のあとを書きつけることにしよう。もし私の死後、誰かがノートを見たら……このあとの私の思索を大事にしてほしい――そんなノートを作ろう」(一月二十五日)

今、目の前にある遠藤の思索の跡から、私たちが読みとれるものとはいったい何だろう。焼き捨てられることなく、一人の作家がひたすら書き続けたその日記は、遠藤が一生をかけて貫いた神への問いかけの証であり、日々語り続けた母への贖罪の手紙ともいえるかもしれない。

第九章　遠藤周作の戯曲──「善魔」について

遠藤周作による戯曲は、当初左記の六本と思われていた。

遠藤が初めて戯曲を手掛けたのは一九五七年の「女王」であり、戯曲は左記の六作品とされていた。

「女王」一九五七年　劇団四季により上演
「親和力」一九五九年　劇団「同人会」への書下ろし作品。（演出・田中千禾夫）
「黄金の国」一九六六年　劇団「雲」により上演（演出・芥川比呂志）
「薔薇の館」一九六九年　劇団「雲」により上演（演出・芥川比呂志）
「メナム河の日本人」一九七三年　劇団「雲」により上演（演出・芥川比呂志）
「喜劇　新四谷怪談」一九七四年　劇団「青年座」により上演（演出・栗山昌良）

ところが没後、小林《おばやし》聖心女子学院から、一本の戯曲が発見された。「サウロ」である。この作品は遠藤が慶應義塾大学卒業後、仁川《にがわ》の母の家に帰省していた遠藤のもとに、母がかつて教鞭を執っていた小林聖心女子学院のシスターから依頼があった。新制高校三年生の卒業公演のために戯曲を書いてほしいといわれ、完成したのが「サウロ」であった。「サウロ」は一九四八年の作品と推定された。つまり、遠藤は「サウロ」の執筆後、「親和力」「沈黙」の姉妹篇とも言われている「黄金の国」、そして「薔薇の館」、山田長政を描いた「メナム河の日本人」、そして「喜劇　新四谷怪談」などが発表された。なかでも「薔薇の館」には戦争や信仰と懐疑など多くの問題が提起された。

そして、さらに一本の戯曲が発見された。「善人たち」である。この戯曲の発見の経緯は次の通りである。長崎の遠藤文学館では当時、学芸員に加え、遠藤作品に関わった人たちの協力も得て、資料整理にあたっていた。その最中、学芸員から見慣れない原稿が茶封筒にはいっているとの連絡があった。封書には「民藝　渡辺浩子様」と書かれていた。原稿は訂正された箇所もあり、完成稿であった。全く見たこともないこの原稿は戯曲「善人たち」（題名は出版社がつけたもの）であった。その他「戯曲『わたしが・棄てた・女』」「戯曲『鉄の首枷――小西行長伝』」も発見され、この三作はおそらく一九七〇年代後半のものと判断された。なかでも「善人たち」は遠藤文学の本質に迫る作品として注目され、劇団民藝によって二〇二三年上演された。

「善人たち」の原稿の終わりには「幕」の文字もあり、完成稿であることは間違いないと思われる。さらにこの原稿が民藝からの依頼であったことは日記からも推察できるのだが、なぜ、この原稿がこのまま放置されたのか、真相はわからない。この点について、民藝の代表者である白川浩司氏にインタビューしたのだが、民藝としては何度か遠藤サイドに依頼を続けたが、結果原稿を手にすることはなく、演出家の渡辺浩子はこの初稿を見ていないという。つまり、劇団民藝の上演記録にも、上演予定にも「善人たち」はないのである。また、執筆後、民藝と何らかのトラブルがあったとも考えにくい。

以前、渡辺浩子の演出による、ホーホフート「神の代理人」という舞台を観た遠藤は「ケレン味のない渡辺さんの演出はこの大作と四つに組んで一歩も引かない」(「毎日新聞」一九七一年五月十日)と賛辞を送っている。

また、遠藤の日記によれば、海外に行く時に、この戯曲「善人たち」を直すため持参したかったが見つからなかった、というくだりもある。「クイーン・エリザベス号にて仕事するための民芸の原稿、いくら探してもなしとのこと。妻と共に成田に行き、一人、成田に宿泊」と書かれている。

戯曲「善人たち」は小説の脚色ではなく、オリジナルの作品であることが判明している以外、謎は多いままである。加藤宗哉によれば、当時作家は長篇小説「侍」の執筆にとりかかった為、そのままになったのではないか、という推察もあるが、いずれにしても真相はわからない。

この戯曲には「遠藤文学と戦争」というテーマがあると言われている。ここにはパールハーバーや捕虜の問題もある。確かに遠藤は戦争時代を生きた作家であり、自身徴兵検査も受けている。肺炎を患ったこともあり、一年徴兵が延期され、実際には戦地に行かずに終戦となった。学生時代には川崎の軍需工場で働き、寮はカトリックの寮のため憲兵からもにらまれたこともある。たとえば「天皇」とお前の神とどちらが大切かなど詰問された日もあった。

しかし作家が本当の意味で戦争を感じたのは留学の時ではなかったかと思う。一九五〇年、遠藤周作は横浜から留学生としてフランスに向かった。当時の様子については先述した通りである。日本は敗戦国として大使館も領事館もない時代だった。船のなかは四等船客、といえば、聞こえはいいが実態は船底の旅だった。マニラ、シンガポールなどの寄港地では住民感情を考慮して上陸を許されなかったなど、行く先々で敗戦国民の悲哀を味わった。なかでも大きな影響を受けたのは船から見た焼け爛れた日本船の残骸だった。水底には自分と年の違わない多くの無名の日本兵が沈んでいた。遠藤はこう呟く。

「『ぼくたちはどうしてくれるのだ』／と叫ぶ絶叫を聞く気がしました」と。

留学へと旅立った遠藤は大学が始まるまでルーアンのロビンヌ家に下宿をした。仏蘭西人の風習や、食事の仕方など生活を共にしながら学んでいった。

そのロビンヌ家を訪ねてみないか、と遠藤に言われ、ロビンヌ夫人に会い、話を聞いたことがある。夫人は優しく、遠藤青年が学んだ部屋などを案内してくれた後、こういった。「ポール遠藤は戦争の話ばかりしていた、原爆の話も聞いた、そして彼はいつも勉強していた」と。確かに遠藤にとって戦争には悪の問題など、大きなテーマが含まれている。しかし、留学時にはこの無名の人たちの叫びに自分はどうこたえていくか、という問題の方が寧ろ大きなものだったのではないかと考えている。

次に、遠藤戯曲について挙げてみたい。なぜ、遠藤は小説だけではなく、戯曲を手掛けたのだろうか。

遠藤は戯曲と小説の違いを次のように分析する。つまり、小説が読者という未知の相手を対象とするのとは異なり、戯曲は観客の反応を直接見聞きすることができる。作者の言葉を借りるならば小説家は「自分の読者に指でふれることはできぬ」（「中村戯曲への期待」）が劇作家は観客の心の動きを眼で見ることができる、と述べた。さらにこの問題を

「小説作法と戯曲作法」を参考に整理すると次のように考えられる。

第一に、外形の問題。小説の場合は、作中人物の外形、容姿、癖などの外部的なものは欠くことができない。が、戯曲の場合、こうした外形的なものは俳優が処理し、作家は直ちに作中人物の内部から書き始めることができる。

第二に、純粋戯曲について。小説で書けるものは戯曲には書かない。そこには小説では書けなかったテーマがあると考えられる。それを仮に純粋戯曲とする。ト書きは小説の部分であり、舞台に必要なものは台詞であると。

「ト書きは小説の領分である。正直いって私は舞台において必要なのは台詞なのであり、服装や部屋などは第二、第三であるとさえ前から思っていた」と述べ、彼の考える「劇」について論じている。

「もともと私には劇とは何らかの形で、人間と人間を越えた超絶的なものとの関係から生れねばならぬという考えが心の底にあった。これは理屈とか知識のせいではなくて、おそらく少年時代から読まされた聖書のためであろう。その場合、超絶的なものとは特に露骨に神でなくてもよい。たとえば運命でもいい。人間のうちにあるどうにもならぬ情熱でもよい。しかしそういうものと人間との関係が劇なのだと長い間、信じこんできた。つまり聖書が私にとっては格好の劇作法の教科書だったわけである」（「小説作法と戯曲作法」）

遠藤周作にとって、聖書こそが劇を考える上で、教科書となっていた。つまり聖書のなかの基督も、十二使徒たちも、外形も容姿も何も書いてはいない。そこにあるのは、「観念のたたかい」だけであり、「彼らと超絶的なものの関係」だけと考えた。そのような考えに至ったのは自分がキリスト教徒であり、「新約聖書に描かれた基督とその死から劇のイメージを持っているためにちがいない」（「劇と私」）と付け加えた。

つまり、小説の場合には登場人物の内面は当然のことながら、容姿、外形、癖などは書かなければならないが、舞台の場合は俳優が処理することなのであると遠藤は言う。

遠藤がエッセイでも述べているが、かつて遠藤の舞台の演出を担った、劇団「雲」の芥川比呂志が、遠藤の台本を見てダメ出しをしたという。それは登場人物についてのことだった。遠藤周作は台本に「農民A、農民B、農民Cが何か話しながら舞台を通り過ぎる」と書いた。彼等は特に台詞もなく、主人公たちの後ろを通るだけだった。しかし、芥川は遠藤に、田吾作でもいい、治郎兵衛でもいい、名前を付けてほしいと要求した。役者はたとえ台詞が無くても、今日、なぜ、そこを歩いているのか、自分には妻子がいるのか、どんな人間なのか、それらの様々ことを頭と体に入れて、はじめて舞台に立てる。なのに、A、B、Cでは役者のなかで何も膨らまない。役者はその名前から彼がどんなところに生まれ、育ったかを創造する。そのことを理解してほしいと言われたという。

　遠藤はかつてこう述べていた。

「一週に少なくとも一度は映画を見る。月に少なくとも二度は芝居に行く」と。遠藤は舞台、そして映画に関して、多くの批評を書いている。なかでも映画評には遠藤の映画への強い思いが語られ興味深い。かつて『観客席から』と題し「芸術随想」「演劇」「映画」「テレビドラマ」等、多くの批評が一冊にまとめられた。そこでは「われわれは映画の中に文学的感動を求めて見にいくのではない。映画としての陶酔を求めて見にいくのだ」（「文芸映画などというものはない」）と映画への思いを述べている。

　映画評「世界映画の「つながり」の中で」では「汚れなき悪戯」「最後の橋」「道」の三作の映画が取り上げられた。注目すべきはスペイン映画「汚れなき悪戯」についての一節である。当初、映画会社はこの映画に「母を慕う少年の純愛」というキャッチフレーズを付けていた。しかし、この映画は決して母と子の愛の物語ではないと遠藤は言う。

「われわれが映画に感動したのはもっと単純なことである。つまりこの映画が人間の孤独の代わりにつながりを、人間の憎しみの代わりに信頼を、混乱の代わりに秩序を主題としたことなのだ。

　戦争から戦後にかけて、われわれはあまりに孤独や敵意や憎しみの混乱した雰囲気の中で疲れてきた。けれども孤独や敵意の苦しみが、信頼やつながりを生むのでなければ、それはたんなる浪漫主義的な自虐にすぎぬ」と述べ、こう続けた。

「孤独の代わりにつながりを、憎しみの代わりに信頼をと私は書いたが、そうしたつながりや信頼が安易な逃避とならぬためにはくるしい犠牲を必要とする。小さなマルセリーノが知らずして死という犠牲をはらわねばならなかったのはそのためであり、われわれがあの映画で感動したのも、その可憐な犠牲にたいしてでもある」

この映画の原題は「Marcelino, pan y vino（パンと葡萄酒）」である。この題名は「十字架にかけられた基督の肉と血」であることは言うまでもない。ここに主人公の少年・マルセリーノの「小さな十字架と犠牲」があるという。誤解を恐れずに言うなら、悲しみや犠牲の上にこそ、祈りへの道が見えてくるのではないだろうか。

ひと月に二度は芝居を観るという、その遠藤が素人劇団「樹座」を立ち上げたことは多くの知るところである。彼等は素人役者として本物の俳優さながら、大劇場で芝居をした。「やる人天国見る人地獄」と言われた劇団「樹座」、それは遠藤周作が言う「生活」ではなく「人生」、まさしく参加する者にとって人生の時であった。しかし、そこにはまた、こんな意味もあるという。つまり、今まではただ観るだけの芝居が、自分が役者をやったことで、他の芝居を観た時に、「自分も舞台に参加しているような気になる」(「私のブロードウェイ」)という。それは遠藤周作の「劇」を語るうえで重要な意味を持つ。「映画は観客の心理を受身にするが、劇で観客の心理が受身になってはならぬ。観客は劇作家や演出家や俳優と一緒になって舞台を作りだす積極的な一員なのである」

そして今の舞台公演の問題点は「少なくとも観客に芝居に自分たちも加わっているのだという悦びを積極的に与えていない点である」と指摘した。

たとえば私たちはテレビを観た時に、登場する役者のアップ映像を自然に目にする。涙を流す場面、顔が引きつる場面、それぞれ明確に認識できる。しかし、舞台は全く別のものであると遠藤は言う。

「我々は芝居小屋で遠く舞台を動く俳優の眼のうごき、頬のうごきがよく見えないからこそ、自分でそれを色々と考え、想像し、考え、想像することで舞台に参加しているのだ」

遠藤の劇にとって、共に作り上げる作業、参加するという動きこそ重要な要素なのである。

さらに遠藤周作の戯曲を考えた時、一つのキーワードが浮かび上がる。「祭」である。遠藤はエッセイのなかで次のように述べている。

「身がわりになって死ぬというのは、言いかえれば祭における生贄の思想である。人々は自分たちの罪をあがなう生贄として家畜を殺してこれをささげ、そして自分たちの再生のよろこび、復活を感じた。そこに祭の意味があったのである。／演劇のなかには、なにかこの祭と同じものがある」(「劇と私」)

遠藤は、劇のなかに祭の要素を主張した。それは観客が「生贄」となった主人公に自分の身代わりとしての死を感じ、その死がカタルシスにつながると考えるからである。祭になると人々は自分たちの犯した罪の償いとして家畜を殺し、捧げた。彼らはそこに自身の再生の悦びと、復活を感じたと遠藤は考える。

例えば、「黄金の国」の場合。ここでも「祭」は効果的に使われている。舞台は子供たちの「提灯や、バイバイバイ……」という祭の唄から始まり、幕を閉じる第三幕、第四場もまた、この唄がうたわれている。そして「黄金の国」の最終部分には沢野忠庵(フェレイラ)の元へ、井上筑後守があらわれ、切支丹を憎む書物を書くように勧められる。二人はあたかも盂蘭盆《うらぼん》とよばれる祭りを閉じるべき生贄を思わせる。しかし、その時「四人の南蛮パードレ、夜の闇にまぎれ、上陸した」との報告が入り、あたかも再生の象徴として幕が閉じられている。

今回発見された「わたしが・棄てた・女」の戯曲の最後の場面は、吉岡がミツが亡くなったことをシスターから告げられるところである。それでも、吉岡は「何もぼくは変わらない」といい、ミツの死の喪失感がもたらされたその時、患者の一人がシスターにこう告げに来る。

「あの、シスター。女の子が一人、ここで働かしてもらいたいって来ていますけれど」と、再生を思わせる。

そして、「薔薇の館」も復活祭前日に始まり、復活祭で幕を閉じる構成が取られている。物語の終盤、ウッサンの死がまだ皆の心に重くのしかかっている時、作者はまた一人の日本人修道士を登場させた。

「私は、今度、ここに来ることにきまった者ですが……」と幕を閉じる台詞を言う。この戯曲は一九六九年劇団「雲」により上演された。

その初演に際し、観客の反応が楽しみだと記した後こう書いている。

「私は演劇の発生は祭りであり、祭りには人々の行為を背負って捧げられる生贄を必要としたが、それをそのまま戯曲で生かすことによって——、つまり演劇をその発生の本源にもっていくことによって戯曲が書けないかと考えていた。お読みになればわかって頂けると思うが『薔薇の館』のテーマの一つと、生贄となる主人公ウッサンの存在理由はそこにある。そして、そこにまたこの戯曲が新約聖書につながるのだと作者は考えている」(「薔

薇の館」「黄金の国」あとがき）

それでは今回新たに新資料となった「善人たち」はどのような意味を持つのだろうか。この戯曲は日米戦争中の南太平洋の小さな島から始まる。そして過去に戻り語られる舞台の中心はアメリカ。ニューヨーク州のオルバニー、一九四〇年郊外のことである。

登場人物を挙げる。

阿曽こうきち
トマス（トム）・ロジャース　従軍牧師
父（亡くなっている）
母
姉　ジェニファー
妹　キャサリン
妹の婚約者（銀行員）　フレッド
黒人の下男　コトン
警察官　今野（米国国籍の日本人）

舞台のオルバニー、この町は高等教育の地として知られていた。この町の牧師一家の所へ日本人の牧師見習いの留学生がやってくるところから、様々な問題がおこってくる。

この作品の注目点の一つは「善魔」である。遠藤は自身の用語として「善魔」という言葉を使っている。善とは何か、それに対するものは悪ならば、善魔に相対するものは「悪魔」の存在だろうか。

一般的には「悪魔」であるが、この言葉も遠藤は「悪魔」と「サタン」は違うと述べている。それほど悪と善の問題は単純ではない。

「正しいことがいつか結果的には悪となり、善きことがやがて悪を生むという例をあまりに見すぎている我々は、やがて善に対して不信をいだき、善にたいして迷いを抱きはじめる」

つまり、悪のなかにも善があり、善きことのなかにも悪の要素は存在すると遠藤は言う。たとえばサマセット・モームの「雨」を例にこう述べている。

「彼らは自分の主義、自分の宗教だけが正しいという優越感にかられているのだ。そして彼らはあまりに善意であるゆえに、おのれの心にひそむエゴイズムや優越感に気づかないのである。その独善主義のために他人が傷つけられ、不幸になっていることにも無神経である。さらにその優越感がどんな不幸を自分と他人に与えるかもわかっていない。／一人よがりの正義感や独善主義のもつこの暗さと不幸は今日、私たちの周りで、さまざまな形で見つけられる。我々はそのような人を善魔とよぶ。時には善魔たちが私たちに与える迷惑や傷は、それが大義名分の旗じるしで行われるだけに、ほかの迷惑や傷より大きく、深い場合さえある。彼らはいつも正義の旗じるしをかかげる。そしてそれに少しでも従わぬ者や、自分にくみしない者を悪の協力者と見なしてしまうのである」

善魔の特徴を遠藤は二点挙げ、こう捉えている。

まず、自分以外の世界をみとめない。自分以外の人間の悲しみや辛さがわからないことであり、自分の価値を押し付け、他人を裁くことである。次の引用は、後に触れる「善人たち」にも通じる点で興味深い。

「モームの『雨』の主人公は、基督教の牧師だが、娼婦の悲しさも辛さも彼には理解できない。彼はただ娼婦という女の罪におののき、彼女にその罪を自覚させることが自分の義務だという信念にかられる。そして、その義務感の裏に彼の優越感がひそんでいることを意識しないのだ」

そして「善魔」についてこう述べた。

「裁くという行為には自分を正しいとし、相手を悪とみなす心理が働いている。この心理の不潔さは自分にもまた弱さやあやまちがあることに一向に気づかぬ点であろう。自分以外の世界をみとめぬこと、自分の主義にあわぬ者を軽蔑し、裁くというのが現代の善魔たちなのだ。彼らはそのために、自分たちの目ざす「善」から少しずつはずれていく。自分自身でも意識しないうちに、彼らは他人から支持される善き人ではなく、他人を傷つけ、時には不幸にさえする善魔になっていくのである」(「善魔について」「朝日新聞」一九七四年十月二十一日)

遠藤周作の描くさまざまな登場人物のなかに、この「善魔」は潜んでいる。たとえば「海と毒薬」。

ここにはヒルダという名の白人の女性が登場。この人は橋本という医科部長の奥さんである。彼女は月に三回、定期的に病院を訪れ、籠をかかえて大部屋に入ってくる。ただでさえ、貧しい患者たちが身を寄せ合って過ごすこの病棟に、見たこともない長身の女性が自分の汚れものを集めにやってくる。次に訪れる時に、これらの衣類は綺麗に洗濯されている。彼女の行為は何ら責められるものではない。しかし、と作者はいう。この病棟には「大部屋には空襲で家族を失った身よりのない老人や老婆が多いのですが、彼等はこの西洋人の夫人が自分に話しかけてくれるだけでも固くなってしまい」慌ててベッドから降りてきてしまう患者もいる。何より「滑稽なことにはヒルダさんは病人の恥ずかしさや気づまりに気がつかないようでした」

他人の悲しみ、苦しみに気がつかない、こんな人々を作者は「善魔」とよぶ。

また「雑木林の病棟」にも次のようなシーンがある。ここには多くのハンセン病の患者が暮らしている。そこを訪れた作家に、そこに務める修道女は患者である松井をよび、「手を見せてください」という場面。

「ぼくはまだ一本一本、松井さんの指をさすっている修道女の白人らしい大きな手を見ていた。おそらく彼女は今一種のヒロイズムを、ぼくに見せたかったのだろう。あたしたちは病気なんてこわくないのです。ごらんなさい。あたしはこうして患者やの崩れた指を握り、さすっています。／これはたしかに偽善ではなかった。しかし偽善ではないにしろ、この修道女のような立派な女性でも捨てることのできぬ最後の虚栄心にちがいなかった。でなければ、彼女は自分のみにくい指を他人に曝されて狼狽《ろうばい》している松井さんの気持がわかる筈だ」


「善人たち」における「善魔」は主人公の一人であるトムである。彼の台詞に多いのは「正しいことをしなくてはいけない」というフレーズである。トムにとって「正しいこと」それはたとえば、ジェニーをこの家から追い出すことである。プエルトリコの恋人とニューヨークへ出奔し、愛に破れて帰郷した女、そんな女はこの家にいない方が幸せとトムは考える。一見、彼女のために聞こえるこの発言も、実は、彼女がいることで家族が冷たい視線で見られたり、困った存在をかかえる負担があってこその発言である。兄さんは自分の善意に陶酔している、と妹のキャサリンは言う。それでは家族に疎《うと》んじられ、生きていくうえで何度も躓《つまず》くジェニーはすくわれない存在なのだろうか。

またこの作品には人種の問題も描かれている。白人、黒人、そして黄色い人である日本人など多様な人種が登場する。ジェニーは白人だが、彼女の相手は白人ではなくプエルトルコ人という設定である。彼女のまわりには、一見いいことはひとつもない、家族からは冷たい目で見られ、また、愛する人とも別れる。子供を一人で育て、その過程で夜道に立ったことで警察から眼をつけられている。家族にとっては迷惑な存在の彼女は、この戯曲のなかで、果たして救われたのだろうか、という問題がある。この一見何もない彼女にもどこかにイエスの視線が注がれているのだろうか。

トムはジェニーをなじるが、彼女は自分は「恥じていない」と言った。トムはお金を貸してほしいと言ったジェニーを助けることはしなかった。そしてこう彼女は言った。

ジェニー「わたしはだから一回だけ街に立ったわ。一回だけ。あんたたちの言うのと違う愛でね。だからわたしは恥ずかしくないわ」

トム「何という怖しいことを平気で口にするんだろう」

ジェニー「どうして、トム。肉体を売ることがそんなに悪いの。それが愛する人のためならば。わたしのあの時の気持。雪がふっていた、街には。男がわたしのそばに寄ってきた。彼はわたしの腕をとった。そして値段をきいた。わたしは答えたのよ。その値段を。いくらだと思う、トム」（傍点引用者）

そう、ジェニーはただ、愛する人のために街角に立った。その時、彼女の上には「雪」が降ってきた。先述したように雪は浄化を示していることはいうまでもない。病の子供を抱えていた彼女には他に何ができたのだろう。彼女をたった一人にはしないという視線がこの時生れる。そして、街に立つ女性に対して、作者は聖書を題材にこう述べている。

「新約聖書の世界では、売春婦たちはその泪で「御足を次第に濡らす」女と変りました。キリストは彼女たちをかえって偽善者や充ち足りた女よりも高く評価したのです。自分がいつも善人だと思っている信仰者、他人を裁くことのできる女、恥しさにも自己嫌悪にも捉えられたことのない人よりもこうした淫売婦の悲しみや苦しさのほうが、はるかに真の信仰に近いことをキリストは教えました」（「聖書のなかの女性たち」）。それは間違いなく遠藤文学の「愛」について語られた一節である。醜いものを愛するより、美しいものを愛すること、自分にとって利益がない人を愛するより、利益をもたらす人を愛することはごく自然な生き方である。しかし、と遠藤は言う。

「聖書のなかに出てくる人間たちのうち基督が探し歩いたのはカファルナウムの長血を患った女や、人々に石を投げられた娼婦のように魅力もなく、美しくもない存在だった。魅力あるもの、美しいものに心ひかれるなら、それは誰だってできることだった。そんなものは愛ではなかった。色あせて、襤褸のようになった人間と人生を棄てぬことが愛だった」(『沈黙』)

「善人たち」は遠藤周作の「愛」の形が問われた作品なのである。

「私のいう愛とは、もっと、うすぎたないこの日常生活での人間的な営みであり、行為なのだ」(『現代誘惑論』)と作家が言うように、遠藤の「愛」は身近な人たちのなかにこそ存在する。そして犠牲、多くの場合は「死」をもって完成するものであることも見逃すことはできない点である。

そして、もう一つ重要な要素は「ペトロの否認」であることはいうまでもない。なぜ、作家はペトロの否認にこれほどこだわったのだろうか。

「聖書のなかで私が何よりも感動する名場面の一つが、「ペトロの否認」の光景である」と遠藤は言う。ゲッセマネで捕縛されたイエスはカヤパの館に向かい尋問を受けていた。この場面、後に遠藤は「イエスの生涯」で一つの想像をする。つまり、ペトロがカヤパの官邸に行ったのはイエスの身を気遣ったためではなく、自分たちの助命を願い出たのでは、と。しかし、そのことは推察にすぎない。今、問題なのは、ペトロがカヤパ邸でイエスを「知らない」と三度言ったことである。聖書にはこう記されている。

「ペトロは遠くはなれてついていった。人々が中庭の中央に火をたいて、まわりに坐っていたので、ペトロもかれらの間にすわった。するとあの女中が、火のそばに坐ったペトロを見て、それと知り、「この人もあの人といっしょにいました」といったので、ペトロは、「ご婦人、私はその人を知りません」といなんだ。ちょっとあとで、他の人がペトロを見て、「あなたもかれらの一人だな」といったが、ペトロは、「人よ、私はそうではない」といった。一時間ほどたって、また他の男が、「たしかに、この人もあの男といっしょにいた。この人もガリラヤ人だ」といいはったが、ペトロは、「人よ、私にはあなたのいうことがわかりません」と答えた。そういいおえないうちに、すぐ、にわとりが鳴いた。主はふり向いて、ペトロを見つめられた」(ルカ22章54-61節)

聖書のこの場面、ここでも「火」は使われ、また、「沈黙」でロドリゴが踏み絵を踏んだ時に鳴いた鶏が印象深く鳴いている。そう、この時、確かにイエスはペトロを見つめた。見つめられたペトロはイエスの言葉を思い出し、外に出て激しく泣いた。

ペトロは既に最後の晩餐でイエスから、鶏が泣く前に三度あなたは自分を裏切ると言われていた。イエスは十二使徒のなかでも特にペトロを愛していたという。自分の後を託すのはペトロだと考えていた。そのペトロがイエスを三度、知らないと言った。ペトロはおそらくイエスから叱責され、非難の視線を向けられると思っていた。この箇所を作家はこう綴った。

「イエスの悲しみに充ちた眼差しは、ペトロの胸をふかく刺した。彼はそれゆえ、号泣したのである」

そしてこう続けた。

「最愛の者に裏切られたイエスの悲しみに充ちた眼。それを見て号泣するペトロ。それはイエスとすべての人間との関係を私に連想させる。イエスはもちろん、そのペトロを許していたのである」

ペトロにそそがれた視線は「善人たち」の阿曽やこのジェニーに向けられている。作家は「ペトロの否認」を作品に取り入れることで、ペトロに向けられた哀しげだが優しいイエスのまなざしを「善人たちの」の阿曽やジェニーにそそぐ。その視線はあたかも「沈黙」に描かれた踏み絵のなかのイエスのように思える。「踏んでもいい」と語り、お前の足の痛みを知っているというイエスのロドリゴへの視線。その背後にある眼差しこそ、もう一人の登場人物であり、魂の声を観客に届けられる存在なのである。

十三番目の弟子――「あとがき」にかえて

講演「文学と人生」（一九八三年）のなかで遠藤周作は聖書の読み方について次のように述べている。

「一つは、聖書のなかに、私と同じ人間はいないかと思って読むのです。私のように卑怯で、弱く、野蛮な人間はいないかと思って読んだら、いますねえ。キリストを裏切ったやつとか、キリストを捨てて逃げたやつとか、そういう私とよく似た人がいます。それで私は小説を書こうと思いました。十二使徒の次の十三番目の人で、名をズボラというのです」

そのズボラとは、大飯ぐらい、イエスが話していても平気でいねむりをするというどうしようもない弟子のことである。

「そいつを書いてやろうと思って書き始めましたが、途中でやめて『沈黙』のキチジローに変わってしまいました」

戯曲を書くうえでも一番の手本は「聖書」といった遠藤が描こうとした十三番目の弟子、ズボラ。

実は遠藤はこのズボラを絵本に描いている。『天国のいねむり男』（一九八五年）である。ヨゼフ・ウィルコンが絵を担当している。イエスの弟子であるズボラはここでも食べることが大好き、そしていねむりばかりしている駄目な弟子であるが、子供だけは大好きだった。最近の子供はスーパーマンにばかり夢中で、神様のことは考えない、そんな事態を憂慮した神の命《めい》を受けて、地上に降りたズボラは子供たちに神様の話をするが、目の前の利益を優先する子供たちにとっては、何の利益ももたらさない神様は無用として扱われる。失意のズボラは最後には、地上に降りたこと、すべてが夢だったと気が付いて物語は終わる。ズボラが子供たちに訴えたことは、子供は本来、鳥や生きものと語り合い、楽しく笑って過ごすことが大切、という点にある。それは遠藤が「稔と仔犬」でも描いた場面を思い出させる。稔が夢で見た景色は穏やかで明るく、亡くなったはずの父や、普段は怒ってばかりの母が笑顔で稔をみつめ、夏休みの宿題もなく、怖い上級生もいない。稔が仔犬と自由に野原を走り回るシーンである。ズボラは子供たちにそんな時を過ごしてほしかった。彼は自分の話が伝わらない時、哀しそうな様子を見せるが、先述したように、ここでも空の色は次のように書かれている。

「ズボラは悲しくなってだれもいない空地にもどりました。かれはこの地上に降りてきたのですが、地上の子どもたちはズボラを相手にしてくれないのです。信じてくれないのです。／かれは空を見あげました。夕方の空だけがもうバラ色です」（傍点引用者）
「天国のいねむり男」には、稔が感じた子供の哀しみは直接描かれてはいない。しかし、そこにはズボラの哀しみが描かれている。そしてそれを見つめるもう一つの視線も確かに存在する。

　先に触れた「死海のほとり」に関するノートには作品の構想が語られているが、そこにも興味深い数行がある。小説の主人公が日本人になるのか、イエスの弟子になるのか、まだ未定であると述べた後、「マヌケと基督」、そして「私と基督」という独立した中篇によって構成しようかと述べている。つまり作家のなかにはこのマヌケ、つまり弟子の一人が大きな柱となっていく様子が見えてくる。勿論このマヌケな弟子は何もできない弟子、ズボラと同等である。そのどうしようもない弟子ズボラ、この弟子がその後キチジローになっていったことに注目したい。それはつまり、遠藤が描こうとした最も自分にちかい弟子、それがキチジローであったということを表しているからである。
『沈黙』で描かれたキチジローは周知の通り、何度も棄教し、踏み絵を踏み、そのたびに懺悔し、またロドリゴのもとに舞い戻る。そのキチジローは神父を裏切り、役人に引き渡し、報酬を得ることから、度々イエスを売ったユダと比較された。しかし、裏切ったのはユダだけではない。たとえば捕らえられたイエスを三度、知らないと言ったペトロも、基督の復活を、十字架の磔刑でできた傷跡に自分の指を入れるまでは信じないと言った十二使徒の一人、ディディモのトマもまた、キチジローの一人に違いない。遠藤は先述したように「イエスの生涯」で次のような仮説を立てた。弟子たちはイエスが捕らえられた後、全員の助命を願い出たのではないかと。そうでなければ、彼等がなぜ衆議会から追及されなかったかがわからない。

「だからペトロたちはイエスを見棄てただけではない。はっきり言えば、ユダと同様に裏切ったのである」

遠藤周作はエルサレムを訪れるたびにイエスが捕縛された場所を歩く。「油を搾る」という意味のあるゲッセマネ。そこはユダがイエスを売った場所である。ユダだけではない、「みな、ついにイエスを捨てて逃げ去った」（マルコ14章50節）場所なのである。

「そこに立つたびに私はここを「裏切りの場所」として眺めるようになった。そう、ゲッセマネは、弟子たちがイエス一人を犠牲にしておのれの命を救うために裏切った場所だからである」

弟子たちはマヌケのように、ズボラのように何もできない弱虫だったと作家はいう。

「弟子たちはそのような弱虫だった。弱虫だったからこそ、彼等はこの取引きをしたあと自責と屈辱のため、烈しく泣いた。ペトロがカヤパの官邸でイエスを否認して、烈しく泣いたという話は、弟子全体のこの時の自責感を象徴しているのだ」(「イエスの生涯」)

十三番目の弟子はやがてキチジローとなり、そのキチジローには十二人の弟子たち、多くの弱虫たちの思いが込められている。

遠藤は自分の文学は一人で作り上げたものではないという。先人たちのある部分を受け継ぎつつも、遠藤独自の世界を造りあげた。その一つは遠藤の小説には多数の無名の登場人物たちがいるという点にある。彼らはごく当たり前の人生を望み、生きてきた。小さな幸せを求めた。日々の生活、日常生活のなかで泣き、笑ったごく普通の人たちであった。その彼らが、ある時運命の渦に巻き込まれ、自分の予想もできなかったことに直面する。それは踏み絵を踏む、という生死のかかった場面ではなかったかもしれない。しかし、他人にはわからない、その苦しみや悲しみを、抱えていなかったとはだれも言えない。そして、その苦しみは、本人だけでは立ち向かえないこともある。祈っても願っても、どうにもならない時がある。自分一人が苦しんでいるという孤独との闘いもある。その苦しみは誰にも言えず、誰からも支えられず、たった一人の哀しみだった。「愛」などというものは眼に見えず存在しないと思う日もある。遠藤が述べたように、「悪」の世界はなくならず、サタンは騒がず、ひっそりと、時には笑みさえ浮かべて人間たちを試している。しかし、そんな時、私たちは遠藤文学に一条の光を見る。

当初、私にとって、無名の人たちとは「名前のない登場人物」だった。イスラエルの街を歩く人々、リヨンの街で戦禍により帰ってこない人を待つ老婆、頭の禿げた老人のもとに毎夜通う女性、愛する人の命を、生きて帰ってほしいと願うお百度詣りをする女、遠藤が描くこれらの人々は重要な意味を持つ。本論の初めに述べたように、そこには遠藤が描く神が存在できるか否かという問題がある。それがたとえ「神」ではなく「タマネギ」と呼ばれてもかまわない、そんな作者の想いがある。

無名の登場人物とは、果たして名前のない登場人物のことだったのだろうか、そんな疑問が消えなかった。

たとえば「海と毒薬」。ここには勝呂と戸田という二人の主役が登場する。彼らは新米の医師であり、時代の流れのなか、米兵の人体実験に参加するという渦に巻き込まれていく。この物語にはこのほか「おばはん」という名前のない登場人物が登場する。ポプラの下でひたすらシャベルを動かす男にも名前が無い。しかしこの二人の登場人物、土を掘る男には柩を運ぶ姿があり、「おばはん」はこの物語の良心、この「おばはん」を想う時勝呂には救いが訪れているという役目がある。

しかし、それでは勝呂や戸田はこの物語のなかでどんな役割があったのだろうか。先にふれたように、勝呂は屋上で、もし自分がこの時代に生まれなかったら、おそらく平凡な医者になっただろうと述懐する。そう、戸田も勝呂も、本来は無名の医師の一人だったに違いない。では、彼等の心に遠藤の「神」は存在したのだろうか。

「ころび切支丹」(「月刊キリスト」)、と題した講演が行われたのは『沈黙』が刊行された前年、一九六五年のことである。ここで取り上げられたのは沢野忠庵、岡本三右衛門の二人、つまり、フェレイラとロドリゴであり、踏み絵を踏んだ彼らに救いはあるのかを聴衆に問いかけた。

切支丹史を読むと、強者は栄光に包まれ称賛されるが、「ころんだ」人間たちには救いがなかったかのように書かれている。しかし、と作家は聴衆に語りかける。

「切支丹史を読んでいると、強者は栄光に包まれて、ころんだ人間というのは救済がなかったかのごとく書いてある。こういう、従来の教会の書き方及びキリスト教学者の考え方に反発を感じるわけです。文学はここからその人の人生を味わうことですから、本当にそういう裁断の仕方ができるものかどうかということを、小説家としては、やはり我が身に引き寄せて考えるわけです」と。さらに、踏み絵のなかのキリストは「踏んでもいい」と言ったのではないかと核心にふれ、つぎのように続けた。「キャラとか、ヘレイラというのは、われわれにとって、いちばん隣人の一人になるんじゃないかと、私はそういう気がするわけです」

登場人物たちは決して特別な人たちではない。もしわれわれがその時代に生きていたら隣人になったかもしれない人たちである。そこで問われるのは、果たしてその人たち、弱虫たちにも救いがあったか、という一点である。

私たちは何度も『沈黙』のクライマックスを思い出す。捕らえられたロドリゴはいつも「あの人」を考えていた。「あの痩せた人は司祭にとってすべての規範だった」のだ。今自分はあの人と同じ苦難を背負い、あの人と同じように人々の犠牲となって多くの信徒を救う、そのことに酔っていたかのように。

「あの人と自分とが相似た運命を分ちあっているという感覚はこの雨の夜、うずくような悦びで司祭の胸をしめつけ」た。しかし、そのロドリゴも、突き付けられた神の沈黙、なぜキリストはユダを救わなかったのか、なぜ、苦しんでいる信徒たちを救わないのか、という疑問からは逃れられなくなっていく。そして、彼の目の前に踏み絵が置かれた時、ロドリゴの見た踏み絵のあの人は人々の足に踏まれ摩滅していた。

「その眼からはまさにひとしずく涙がこぼれそうだった」

そしてあの人はこう語りかける。

「踏むがいい。お前の足の痛さをこの私が一番よく知っている。踏むがいい。私はお前たちに踏まれるため、この世に生れ、お前たちの痛さを分つため十字架を背負ったのだ」

今まさに踏み絵を踏もうとしているのはロドリゴである。「お前の足の痛さ」はロドリゴの痛みである。しかし、作家はこう書いた。「私はお前たちに踏まれ」（傍点引用者）るためにこの世に来たと。そこにあるのは「お前たちの痛さを分つため」なのである。そこには多くの人たちの痛みが存在している。この踏み絵を踏むまでどんな苦しみがあったのか。それはロドリゴだけではなく、多くの信徒たち、多くの弱虫、そしてユダの苦しみも内包されている筈である。あの人の「愛」を感じるのは多くの苦しみの果てである。遠藤は踏み絵の基督の眼から「涙がこぼれそうだった」と記した。そうであるならば、先に触れたペトロを見つめたイエスの眼にも同様の哀しみと涙があったのかもしれない。なぜなら踏み絵の基督の泪には哀しみだけでなく「赦し」の意味も存在するからである。

「まえがき」に、ルオーの絵《デ・プロフンディス》について述べた。作家はまた《秋》

という「聖書の風景」の一つの絵について述べている。この絵に描かれた場所はおそらくパレスチナの小さな村であろうと遠藤は推察する。ここでイエスは二人の女性に何かを語りかけている。その傍のベンチには三人の女と一人の老婆が腰を掛けている。おそらく彼女たちはイエスの声に耳を傾けているのだろう。背後には建物と大きな樹と黄昏の陽がみえる。勿論ここでイエスが何を語っているのか、私たちにはわからない。しかし、イエスは「あなたたちは」と彼女たちに呼びかけた後、おそらくこう話すだろうと遠藤は言う。「辛い、悲しい目に色々とあうだろう、しかしそんなことは何でもない。信頼すればいいのだ」

遠藤がルオーに魅かれたのは、ルオーが人間をこえたもの、聖なるものだけを描いたのではなく、例えば道化師のように人々を楽しませます半面、無限の哀しみを背負っている存在をも描いたことにある。そこには「イザヤ書」の53章「まことに彼は我々の病を負い、我々の哀しみを担った」イエスの姿がある。そして、道化師の哀しみの顔が少しずつ純化され、「哀しみがやさしさとなり、優しさとなった哀しみがイエスの表情となっていく」と考えるからである。

遠藤の基督は強いものの為だけに在るのではなく弱い者、醜いもののためにある。そして生きていくうえで受けた痕跡を通して語りかける存在なのである。ルオーは力あるイエスは描かなかった。栄光のあるイエスも、威厳と知恵のあるイエスも描かなかった。描いたのは「みすぼらしい人間の同伴者としてのイエス」だった。

道化師を描いた《ピエロ》《訴えられたピエロ》、この二枚の絵画についての作家の一節は、まさしく遠藤文学、そのもののように聞こえる。

「老いた道化師の哀しみは人間そのものの哀しみである。その哀しみや醜悪さや汚れにもイエスが応えないのなら、ルオーにとってイエスは無意味な存在だったのだ」

老いた道化師は痛めた足を引きずりながら悲しんでいる人の元へと歩いていく。その悲しみを分ちあおうとする。時には笑い、彼自身も哂《わら》われながら、そして彼自身の痛みや辛さも背負いながら。その道化師もまた名もない人物の一人である。彼の泪はそこにある多くの登場人物たちの泪に他ならない。

遠藤周作と出会ったのは十代の頃である。遠藤周作は周知の通り、幼い頃を大連で暮らしていた。次第に両親が不仲となり、父を残し、母と息子二人は帰国をする。幼い子供二人を抱えた母・郁は職を求め、縁のあった小林聖心女子学院の音楽の教師となる。その小学校一年生のクラスに私の母が在籍していた。幼少時を神戸で過ごした母の記憶によれば、なぜかクラスの生徒のなかの数名が、遠藤家でヴァイオリンのレッスンを受けたという。

そこには「バッチイ周ちゃん」と呼ばれた一人の少年がいた。彼はいつもレッスンの邪魔をして、郁先生に叱られていたという。とにかく怖かったという郁先生の授業は母が一家で東京に移転したため、わずか一年で終わった。遠藤周作という作家があの「周ちゃん」であると知って驚いた母が遠藤周作と再会したのは『沈黙』が刊行された年だった。

母・郁が急逝したのは、周作が結婚を控え、婚約者・順子を母に会わせる少し前のことだったという。当時小学生だった私の母の記憶が、ただひたすら郁先生が怖かったというものにすぎなかったとしても、息子である遠藤にとって、自分の母を知る数少ない人物だった。

母を通して遠藤周作と出会い、沢山の旅のお供ができたことは望外の幸せな時間だった。旅はどれも思い出深いが、なかでも浜名湖に行った帰り、徳川発祥の地、松平郷に行った時の記憶は鮮明に残っている。人里離れた山の奥、樹は生い茂り、耕す畑も見えなかった。「平野に出たかったやろなあ」と一言いうと、すぐさまその地を離れた。作家の手にはカメラもペンも、何もなかった。心のカメラがどこかにあるかのようだった。この時のエッセイには「四方は山と森に囲まれ耕す畑もほとんどない」様子が鮮明に描かれ、平野への強い想いもまた綴られた。

その後、織田信長の鉄砲隊で有名な長篠の決戦の地、古戦場に向かった。武田勝頼の騎馬作戦を打ち破った所である。誰も訪れていない平地にぼんやり立っていた私を見つけ、作家は小さく手招きをした。

「あのな、君は今、ここで戦った勝頼も、信長も、そして家康も、ただ歴史の教科書に載っている人物だと思っているやろ。そうじゃない、君のいま立っているその足元で多くの兵士たちが鉄砲で打たれて死んだんだよ。彼等も実際に生きていたんだ、君が今、生きているように」

その時、私の足元から何かいいようのない力やうめき声が地面を通して体のなかを這って行ったような感覚にとらわれた。遠くを見ると今まで気がつかなかった真っ赤な鶏頭の花が一面に咲いていた。


旅の誘いはいつも突然だった。「明日、車を出せるかい?」という電話があり、翌日には網代に向かったこともある。道に不慣れな私に夜の海沿いの一車線は厳しく、早めに道の指示をお願いしたが、「あっち」「こっちかなあ」とはなはだ不安な道案内だった。翌日、早朝、遠藤周作は海辺に一人立っていた。勿論この時もカメラもメモも、何も持っていなかった。後日、作家はこの日のことを次のように記した。

「昭和五十一年五月、私は網代のホテルにいた。生憎《あいにく》その日から降り出した雨で海には出られない。／ホテルの窓から荒れた海や網代の港を眺めていた時、ふと、このおたあのことが甦ってきた」と。

　秀吉の朝鮮出兵に伴い、多くの人質が日本に送られた。そのなかに名前のわからない一人の少女がいた。この少女に、日本人が「おたあ」という名前を与えた。小西行長はこの少女を妻の侍女とし、彼女はそこで洗礼を受けた。洗礼名はジュリア。その後、関ヶ原の戦いで行長が破れ、侍女であるおたあは徳川家康に仕えた。家康は夜伽を命じたが、おたあはこれを拒絶した。家康を拒んだ女は、この時初めて自分の運命に逆い、そのため罰として船に乗せられた。

「彼女は、今の熱海市にある網代から舟に乗せられた。網代につくまで、おたあは十字架を背負ってエルサレムの町を引きまわされたイエスを思い、肩輿《こし》を断って、裸足で歩こうとした。（略）おたあはここで四十年近く生きた。白い浜のほかに目を慰めるもののないこの孤島で祈りの生活を送ったが、その間、彼女は幾度となく自分のたどってきた薄幸な運命を思いだしたことであろう」

　遠藤周作は、何度もおたあの人生に思いをはせたと語った。あの日、作家が見ている方角は大島だったのか、それとも大島からさらに流され四十年を過ごした神津島だったのか。

「走馬灯」のあとがきには次のような文章がある。

「彼等のすべては既に遠い遠い昔に死んでしまった。だが、その一人一人のことを折にふれて調べ、折にふれてその生きた場所を訪ね歩いてきた私には、彼等はもう死者ではない。小説家がいつかその人物のことを書こうとしてノートにその名前をしるした瞬間から、彼等はふたたび生きはじめるものだ」

遠藤文学に登場する「彼等」、名前がついていてもいなくても、作者が触れた人物たちはその時から生きはじめる。

大学の卒業論文の提出を控えた夏の夜更け、山小屋で一人籠って勉強していた私のもとに突然電話のベルが鳴った。驚いた私に「遠藤です。おい、やっとるか」とひとこと。いつもなら、「オヤ？　何か音がするぞ、誰かいるのか、外に誰かいるかも知れんぞ」と脅かし、私が怖がるとますます拍車がかかる、というパターンだった。が、その日は少し違っていた。受話器の向こうから低い声で私にこう尋ねた。

「君は、本を読んだことがあるかい」

戸惑う私にもう一度、

「君は、本を、読んだことがあるかい」

と聞いた。私は意味もわからず「ハイ」と答えた。どのくらいの時間がたったのかわからない。遠藤周作は静かにこう話した。
「本を読むということは……その作品に火傷すること。作品だけではないんだ。苦しくとも、その作家と作品に火傷すること」

あれから長い時間が経った。作品にふれれば触れるほど、火傷の意味さえ分からなくなる時もある。しかし、作家はあの時「苦しくとも」と大切な一言を付け加えていた。苦しさのなかからこそ、いつか一条の光は見えてくる。誰よりもそう信じていたのは遠藤周作本人に違いない。

＊

二〇二一年十月『秋のカテドラル　遠藤周作初期短篇』が刊行された。以来、遠藤周作初期作品シリーズは二〇二四年九月『アラベスケ』まで、十冊を数えた。数年前、長崎市遠藤周作文学館の資料調査をした際、多数の初期作品が雑誌から切り取られたまま保存されており、そのほとんどが単行本に収録されていないことが判明した。それらの作品が掲載された雑誌の一部は国会図書館等で閲覧することは可能であったが、全巻は保存されておらず、当時の雑誌を購入した読者以外、これらの作品を手にすることは困難であると考えられた。保存された作品には遠藤文学の原点といえるものも多く、何とか多くの読者に届けたいという、願いにも似た企画が提案され、そして実現した。はじめは一、二冊、と考えていたこの初期作品集が十冊にも及ぶとは想像すらしなかった。

小説、エッセイをはじめ、講演録、フォトストーリー、そして遠藤周作による漫画までがこのシリーズに収録された。十冊のうちにはかつて単行本にすでに収録された作品も何篇かあるが、当時の作家を語るうえで欠かせないもの、また現在絶版になっているものなど、手に入りにくい作品を選択した。今回、この十冊の解説をまとめる、という思いもよらない幸運に恵まれ、本書を刊行するにいたった。本書には、遠藤周作初期作品シリーズ十冊の解説、および他の冊子等に発表した評論に加筆修正をし、また新たな章を加えた。

この遠藤シリーズに収録された作品には、一人の青年が、当時大使館もない時代に海を渡り、留学生として感じた悲喜こもごもの想いが語られている。それらは遠藤周作の代表作『沈黙』『侍』『深い河』などを発表する以前の作品である。若き遠藤周作がこれらの作品では、本質を注視しながらも、問題提起におわったものもある。たとえば「悪」の問題などはこの後、大きく変遷し、様々な作品のなかで深められていく。しかし、ここには遠藤文学の種が確実に存在している。それは、最後まで変わらず貫かれた遠藤文学における

「愛」の形である。その種を、はじめて遠藤文学に触れた読者にも届けることができたらと願っている。

本書の刊行にあたり、ご指導いただいた元「三田文學」編集長・加藤宗哉氏に心より感謝申し上げます。遠藤シリーズに続き、本書でもあらゆる事項を調査いただいた、立教大学江戸川乱歩記念大衆文化センターの杉本佳奈氏にあらためて深謝いたします。また資料の提供をいただいた長崎市遠藤周作文学館、町田市民文学館ことばらんどに御礼申し上げます。さらにご協力いただいた遠藤学会の先生方、周作クラブの方々にも感謝いたします。そして、本書の企画は勿論のこと、数年にわたり、伴走者としても励ましていただいた河出書房新社編集部の太田美穂氏に御礼申し上げます。

〈遠藤周作 年譜〉

今井真理 編

一九二三（大正十二）年　〇歳

三月二十七日、東京府北豊島郡西巣鴨二三九〇番地（現東京都豊島区北大塚三丁目一八番）に生まれる。父は遠藤常久（一八九七年十二月十五日生、二十五歳）、母は（旧姓竹井）郁（一八九五年九月二日生、二十七歳）。二歳年上の兄正介との二人兄弟の次男。父常久は当時安田銀行に勤務。母郁は上野の東京音楽学校（現東京藝術大学）ヴァイオリン科に在学中、常久と結婚。また、郁は安藤幸（幸田露伴の妹）、次いでアレクサンダー・モギレフスキーに師事した音楽家であった。

一九二六（大正十五・昭和元）年　三歳

父の転勤に従い満州（中国東北部）関東州、大連に移る。

一九二九（昭和四）年　六歳

大連市の大広場小学校に入学。学校から帰ると漫画ばかり描いていた少年だった。周作は、冬の寒い日でも朝から指に血をにじませながらヴァイオリンの練習に励む母の姿を見る。

一九三二（昭和七）年　九歳

小学三年生の秋頃から父母が不和になり、愛犬のクロだけに哀しみを打ち明けた。その頃、周作は詩や作文を書くことを担任の教師・久世宗一から奨められ、その詩や作文が大連新聞などに掲載された。後に母の遺品の財布からその新聞の切り抜きが発見された。また、前年には満州事変が起こり、周作の家にも大連に上陸した数名の兵士が宿泊した。二等兵の少年のような面影を遠藤は後年綴っている。

一九三三（昭和八）年　十歳

父母の離別が決まり、夏休み、母に連れられて兄とともに帰国。神戸市六甲の伯母（母の姉）の家に一時同居した後、西宮市夙川《しゅくがわ》に転居。二学期より六甲小学校に転校。熱心なカトリック信者であった伯母に連れられ、カトリック夙川教会に通う。ここで受洗のための勉強である公教要理を学ぶ。

一九三五（昭和十）年　十二歳
三月、六甲小学校を卒業。四月、兄の在学する私立灘中学校に入学。能力別のクラス編成で入学当初はA組であったが、学年を経るごとにB、C、と下がり、卒業時はD組だった。同中学には俳人楠本憲吉がおり、電車通学では憧れの女子学生として佐藤愛子がいた。母は宝塚市の小林聖心女子学院の音楽教師になり、五月その聖堂で受洗。六月には周作も兄と共にカトリック夙川教会で受洗。洗礼名ポール（パウロ）。同年に堅信。夙川教会にはその後主任司祭としてフランス人のメルシェ神父が着任した。戦争中、彼はスパイの嫌疑をかけられ憲兵隊に連行され、拷問を受けた。遠藤は後年大きな影響を受けた場所の一つに「夙川教会」を挙げている。

一九三九（昭和十四）年　十六歳
中学四年修了時、三高を受験するが失敗。この年、西宮市仁川の月見ヶ丘に転居。小林聖心の修道会のミサに毎日通っていた母は、イエズス会のドイツ人神父ペトロ・ヘルツォグと出会い、その指導の下、厳しい祈りの生活を始める。当時の周作は、映画俳優の嵐寛寿郎や桑野通子の熱心なファンで映画の世界に憧れる少年だった。当時を振り返り、映画は自身に夢を与え、小説家になる〈種〉になったかもしれぬと、自ら回顧している。また、岩波文庫で十返舎一九の『東海道中膝栗毛』を読み、弥次・喜多のような生き方に憧れ、後年、異国に旅する時に携帯する一冊となる。

一九四〇（昭和十五）年　十七歳
三月、灘中学校を一八三人中、一四一番の席次で卒業。この春も前年に続いて三高受験に失敗し、仁川での浪人生活が始まる。当時、宝塚文芸図書館に通って日本や外国の小説の面白さに気づき、それらを熱心に読み始める。兄正介は四月、東京大学法学部に入学し、学資等のことなどの理由から、世田谷区経堂の父常久の家に移る。

一九四一（昭和十六）年　十八歳
この春も、広島高校など受験に失敗。四月、上智大学予科甲類（ドイツ語クラス）に入学、学内にあった学生寮聖アロイジオ塾に入寮。学資支給者は母郁、保証人は兄正介。十二月、論文「形而上的神、宗教的神」(「上智」第一号・上智学院出版部刊)を発表。

一九四二(昭和十七)年　十九歳

二月、上智大学予科を退学。仁川で再び旧制高校を目指して受験勉強を続ける。姫路、浪速、甲南等の高校受験はいずれも失敗におわる。母に経済的負担をかけないため、すでに再婚していた父の家(世田谷区経堂町八〇八番)に移る。兄正介は東大を卒業、その後、逓信省へ入省。入省と同時に海軍へ入隊。

一九四三(昭和十八)年　二十歳

四月、慶應義塾大学文学部予科に入学。父の家を出て、信濃町にあるカトリック学生寮の白鳩寮(聖フィリッポ寮)に入寮。寮の舎監はカトリック哲学者・吉満義彦。寮の創始者は岩下壮一。寮生活のなかで、岩下が生前院長を務めていた御殿場の神山復生病院に行く慰問行事があり、周作はハンセン氏病患者に触れられることを怖れたことがあった。後にこのエピソードは多くの小説やエッセイに描かれる。

一九四四(昭和十九)年　二十一歳

春、吉満義彦の紹介で杉並の成宗に堀辰雄を訪ねる。その後も病のため信濃追分に移った堀を月に一度ほど訪問。堀の影響は大きく、西洋の神と日本の神々の問題を強く意識した。この年、本籍の鳥取県倉吉町で徴兵検査を受けるが、肋膜炎を起こした後のため、第一乙種で、入隊を一年延期。戦局苛烈のため授業はほとんどなく、川崎の勤労動員の工場で働く。この頃、『フランス文学素描』を古本屋で偶然見つけ、著者の佐藤朔が慶應義塾大学仏文科の講師であったため、仏文科進学を決める。

一九四五(昭和二十)年　二十二歳

三月、東京で大空襲があり、寮は閉鎖、経堂の父の家に戻る。慶應義塾大学文学部予科を修了。四月、慶應義塾大学仏文科に進学。夏休みは母のもとに帰省。八月、一年の入隊延期の期間が切れる直前に終戦を迎える。その後、堀辰雄の紹介により病気療養中の佐藤朔に手紙を書き、杉並区永福町の自宅を訪ねる。佐藤の自宅で講義を受け、フランスの現代カトリック文学、フランソワ・モーリヤック、ジョルジュ・ベルナノスなどへの関心を深める。

一九四七（昭和二十二）年　二十四歳

八月、「フランス・カトリック文学展望　ベルナノスと悪魔」（「望樓」七・八月合併号）を発表。十二月、評論活動の出発となる「神々と神と」が神西清に認められ、堀辰雄編集で復刊した「四季」（角川書店発行）第五号に掲載。この評論は、カトリック詩人の野村英夫宛の書簡形式をとっている。また佐藤朔の推挙で評論「カトリック作家の問題」（「三田文學」十二月号）を発表。

一九四八（昭和二十三）年　二十五歳

三月、慶應義塾大学仏文科を卒業。卒業論文は「ネオ・トミスムにおける詩論」。神西清の推挙で評論「堀辰雄論覚書」（「高原」三、七、十月号）を発表。卒業後はヘルツォグ神父が編集長を務める雑誌「カトリックダイジェスト」日本語版の編集の手伝いや、鎌倉文庫の嘱託をする。「カトリックダイジェスト」は兄正介も編集委員であり、母郁も編集、発行に関わっている。九月、「フランスカトリック文学その後」（「カトリック思想」）を発表。十月、評論「此の二者のうち」（「三田文學」）、十二月、評論「シャルル・ペギイの場合」（「三田文學」）を発表。この年、「三田文學」の同人になり、月一回開かれる「三田文學の会」に出て、丸岡明、原民喜、山本健吉、柴田錬三郎、堀田善衛等の先輩を知る。また、依頼を受け、小林聖心女子学院の高校三年生の卒業劇のために自身初の戯曲「サウロ」を書き下ろす。なお、「サウロ」は同学院の生徒により上演。この年、松竹大船撮影所の助監督試験を受けるが不採用となる。また、同年、鎌倉文庫に勤める友人、吉田俊郎が自殺。

一九四九（昭和二十四）年　二十六歳

前年十一月に死去した野村英夫（三十一歳没）を追悼して、一月「モジリアネの少年」（「高原」）、二月「野村英夫氏を悼んで」（「三田文學」）、八月「野村英夫氏の思ひ出」（「望樓」）を発表。後年『野村英夫全集』の刊行に協力。

＊「ジャック・リヴィエール　その宗教的苦悩」（「高原」五月号）、「山本健吉　人と作品」（「三田文學」八月号）、「E・ムニエのサルトル批判」（「個性」八月号）、「精神の腐刑　武田泰淳について」（「個性」十一月号）、「ランボオの沈黙をめぐって　ネオ・トミスムの詩論」（「三田文學」十二月号）、「ピエール・エマニ

ユエル」（「世紀」十二月号）

一九五〇（昭和二十五）年　二十七歳

一月、「フランソワ・モウリヤック」（「近代文學」）、二月「聖年について」（「人間」）、また、「立見席から」（「近代文學」三・四月合併号）、六月「誕生日の夜の回想」（「三田文學」）などを発表。六月四日、戦後最初のフランスへの留学生として、三雲夏生・昴兄弟とフランスの現代カトリック文学の研究のため、フランス船マルセイエーズ号で横浜港を出航。同じ四等船客にフランスのカルメル会修道院で修行をめざす井上洋治がいた。敗戦国民である日本人ゆえにマニラなどの寄港地では上陸を許されなかったことなど、この船旅は後の遠藤に大きな影響をあたえた。そしてまた、小説家を目指そうと決めた旅でもあった。七月五日、マルセイユ上陸。二か月間、ルーアンの建築家であるロビンヌ家に滞在。九月、リヨンに移り、十月よりリヨン・カトリック大学近くの学生寮クラリッジ寮に入寮。カトリック大学の聴講生の手続きをとる。また、リヨン国立大学のルネ・バディ教授の下でフランス現代カトリック文学を研究。翌年十二月には「フランソワ・モーリヤックの作品における愛と吝嗇」のテーマで学位論文作成の承認を得る。

＊「ある癩病院の思い出」（「教育と社会」一月号）

一九五一（昭和二十六）年　二十八歳

三月、アルデッシュ県のフォンスに行き、抗独運動者が、ナチに協力したとされた同胞のフランス人を虐殺して棄てたという井戸を訪れる。同月、原民喜の遺書を「群像」編集者、大久保房男から受けとる。八月、モーリヤックの『テレーズ・デスケルー』の舞台であるランド地方を徒歩旅行し、その後カルメル会修道院で修行中の井上洋治を訪ねる。十二月に入り血痰の出る日が続く。

＊「恋愛とフランス大学生」（「群像」二月号）、「フランス大学生と共産主義」（「群像」五月号）、「フランスの街の夜」（「カトリックダイジェスト」八月号）、「フランスにおける異国の学生たち」（後に「フォンスの井戸」と改題「群像」九月号）、「赤ゲットの佛蘭西旅行」（「カトリックダイジェスト」十一月～翌年七月）

一九五二（昭和二十七）年　二十九歳

四月、イタリア国境近くのアルプス山脈の麓の村ソリエールで春休みを過ごす。六月、多量の血痰を吐き、九月まで、スイスとの国境近くのコンブルーの国際学生療養所で療養。そこに保養に来ていたパリ高等師範学校の学生やソルボンヌ大学の哲学科の学生と親しくなり、パリに来ることを勧められる。九月下旬にリヨンに戻った後、喀血。十月、パリの日本人留学生のための宿舎「日本館」に移る。ソルボンヌ大学に登録するが、大学には通わず、コンブルーで知り合った友人たちによる勉強会のグループに加わる。十二月、検診で肺に影が見つかり、ジュルダン病院に入院。

＊「テレーズの影を追って　武田泰淳氏に」(「三田文學」一月号)、「フランスの女学生・俗語」(「群像」三月号)、「ボルドオ」(「群像」八月号)

一九五三（昭和二十八）年　三十歳

一月八日、帰国のため退院。帰国を前に、パリからマルセイユまで、交際がはじまったフランソワーズ・パストルと三泊四日の旅をする（フランソワーズとは、一九五九年フランスで再会。その後、フランソワーズは北海道大学のフランス語講師として来日するが、病のため帰国。一九七一年四十一歳で逝去）。一月十二日、二年半の留学を中止し、日本郵船「赤城丸」でマルセイユを出航し、帰国の途につく。二月、神戸港着。母の迎えを受けた後、父の経堂の家に戻る。毎週気胸療法に通ったが、しばらくは体調が戻らなかった。四月、「カトリックダイジェスト」の編集長となり、同誌に「続・赤ゲットの佛蘭西旅行」を連載するが未完となる。七月、留学中のエッセイを集めた処女エッセイ集『フランスの大学生』を早川書房より出版。「滞佛日記」を「近代文学」（七、八、九、十、十二月号）に発表。十二月二十九日、母郁が脳溢血で倒れ急死（五十八歳）。臨終に間に合わなかったことなど、その当時のことは「日記」（一九六一・九）に記されている。

＊「原民喜と夢の少女」(「三田文學」五月号)、「ポール・ルイ・ランツベルグ　その生涯と作品」(「詩学」七月号)、「アルプスの陽の下に」(「文學界」九月号)

一九五四（昭和二十九）年　三十一歳

四月、文化学院の講師になる。奥野健男の勧めで「現代評論」に参加し、「マルキ・ド・サド評伝」ⅠⅡを発表（六、十二月号）。また、安岡章太郎を通して、谷田昌平と共に「構想の会」に入会。吉行淳之介、庄野潤三、近藤啓太郎、三浦朱門らを知る。七月、最初の評論集『カトリック作家の問題』を早川書房より刊行。十一月、初めての小説「アデンまで」を「三田文學」に発表。

＊「シャロック・ホルムスの時代は去った」（「文學界」二月号）、「四等船客のフランス旅行」（「旅」七月号）、「一人の療養詩人　詩と視と死と」（「短歌」九月号）

一九五五（昭和三十）年　三十二歳

四月、服部達、村松剛とメタフィジック批評を提唱、「文學界」に三角帽子の名で「メタフィジック批評の旗の下に」（九月まで）を連載し、注目される。七月、「白い人」（「近代文學」五、六月号）により第三十三回芥川賞を受賞。これより前、同賞受賞者である安岡章太郎、吉行淳之介、庄野潤三らと共に「第三の新人」と呼ばれる。九月、慶應義塾大学仏文科の後輩・岡田順子と結婚。その後父の家に同居するが、十一月、同じ経堂内に転居。同月、「黄色い人」を「群像」に発表。『カトリック作家の問題』に続く第二評論集として『堀辰雄』（一古堂書店）を出版。十二月、処女短篇集『白い人・黄色い人』を講談社より刊行。

＊「サド侯爵の犯罪」（「知性」三月号）、「学生」（「近代文學」四月号）、「地の塩」（「別冊文藝春秋」第四十七号八月号）、「感想（芥川賞受賞の言葉）」（「文藝春秋」九月号）、「黒い十字架」（「知性」十月号）、「コウリッジ館」（「新潮」十月号）

一九五六（昭和三十一）年　三十三歳

一月、はじめての長篇「青い小さな葡萄」（「文學界」）を連載（六月まで）。四月から、上智大学文学部非常勤講師を一年間勤める。六月、長男、龍之介誕生。この頃世田谷区松原に転居。この松原駅前の商店街の様子を、後に発表された『海と毒薬』の冒頭に使ったことを自ら回想している。この年、服部達が自殺。

＊「タカシのフランス一周」（「ふらんす」五月号～翌年四月号）、「有色人種と白色人種」（「群像」九月号）、「小説家と批評家の間」（「近代文學」九月号）、『神と悪魔』（現代文芸社）、十月「日本的感性の底にあるもの」（「短歌研究」）、「ヴィクトール・フランクル『夜と霧』」（「知性」十一月号）、「ジュルダン病院」（「別冊文藝春秋」第五十五号・十二月）

一九五七（昭和三十二）年　三十四歳

三月、長篇小説の準備のため福岡に行き、西日本新聞社、九州大学医学部などを取材のため訪れる。六月、「海と毒薬」を「文學界」に発表（八、十月と連載）。夏には梅崎春生の紹介で蓼科に別荘を借りて過ごす。
＊「新しい批評のために」（読売新聞・一月八日）、「汚れなき悪戯」（「キネマ旬報」二月二十一日号）、「近代芸術観の盲点」（「美術手帖」七月号）、「パロディ」（「群像」十月号）、「月光のドミナ」（「別冊文藝春秋」第六十号・十月）、「寄港地」（「新日本文学」十二月号）、戯曲「女王」（「文學界」十二月号）

一九五八（昭和三十三）年　三十五歳

四月、成城大学文学部の非常勤講師になり、「フランス文学論」を一年間講義。同月「聖書のなかの女性たち」（「婦人画報」）を連載（翌年五月まで）。『海と毒薬』を文藝春秋新社より刊行。この年より、入院生活中の年を除き、夏は軽井沢で過ごす。十月、アジア・アフリカ作家会議に参加のため、伊藤整、野間宏、加藤周一らとタシケント（当時ソ連邦）に向かう。十一月、長篇の取材のため鹿児島の桜島を訪れる。佐伯彰一編集の「批評」同人となり、村松剛らと参加。この年、『海と毒薬』により第五回新潮社文学賞、第十二回毎日出版文化賞を受賞。また、NHKテレビのドラマのために書いた台本「平和屋さん」が芸術祭奨励賞を受賞。年末、目黒区駒場に転居。
＊「処女出版のころ」（「群像」六月号）、「文芸時評」（東京新聞夕刊・六月二十三日〜二十五日）、「ドラマツルギーの貧困」（「文學界」七月号）、「地なり」（「中央公論」十月号）、「松葉杖の男」（「文學界」十月号）、「作家と読書」（「批評」創刊号・十一月）

一九五九（昭和三十四）年　三十六歳

一月、長篇「火山」（「文學界」）を連載（十月号まで）。二月、最初のキリシタン小説「最後の殉教者」（「別冊文藝春秋」）を発表。劇団「同人会」のための戯曲「親和力」を書き下ろし（田中千禾夫演出により公演）。三月、初のユーモア長篇小説「おバカさん」（朝日新聞）を連載（八月まで）。九月、留学中より関心をもつマルキ・ド・サドの評伝「サド伝」（「群像」）を発表（十月完結）。十一月、サド研究のため、夫人を伴って二度目の渡仏。また、サド研究家のジルベール・レリイとピエール・クロソウスキイと出会い、サドの居城、ラ・コストなどを訪ねる。その後、スペイン、イタリア、ギリシャを巡り、エルサレム（東部は当時ヨルダン領）を巡礼し、エジプトを廻って翌年一月に帰国。
＊「春は馬車に乗って」（産経新聞・四月十一日）、「あまりに碧い空」（「新潮」十一月号）

一九六〇（昭和三十五）年　三十七歳
四月、肺結核再発で東京大学伝染病研究所附属病院に入院。六月、病床のなか、二作目のユーモア長篇小説「ヘチマくん」（「河北新報」などに連載。十二月まで）。夏に退院したが体調はすぐれず九月、東大伝研病院に再入院。十二月、病状は回復せず、慶應義塾大学病院に転院。以後、二年余にわたる闘病生活が続く。
＊「エルサレム巡礼」（朝日新聞・三月二日）、「サド侯爵の城」（「群像」四月号）、「再発」（「群像」六月号）、「葡萄」（「新潮」・七月号）、「男と猿と」（「小説中央公論」臨時増刊号七月号）、「船を見に行こう」（「小説中央公論」十一月号）

一九六一（昭和三十六）年　三十八歳
一月七日、肺の手術、二週間後に二度目の手術。六月には一時退院。自宅で療養後、夏には軽井沢の愛宕山の別荘を借りて療養。八月、澁澤龍彦訳サド『悪徳の栄え・続』が猥褻文書として出版社と訳者が起訴された裁判で、埴谷雄高らと特別弁護人を務めた。九月、慶應義塾大学病院に再入院。十二月、六時間に及ぶ三度目の手術。術中、一度は心臓が停止した。
＊「役たたず」（「新潮」一月号）、「肉親再会」（「群像」一月号）、「第二回サド裁判をむかえて」（毎日新聞夕刊・十月二十四日）

一九六二（昭和三十七）年　三十九歳
五月、慶應義塾大学病院を退院。その後は自宅で療養生活を送る。「おバカさん」（矢代静一演出）が森繁劇団で上演（東京浜町明治座）。七月、軽井沢、鳥井原の貸別荘で夏を過ごすが体力は回復せず、短いエッセイを書くのみ。
＊「なぜ神は黙っているのか」（毎日新聞夕刊・四月三十日、五月七日、十四日）、「続・なぜ神は黙っているのか」（毎日新聞夕刊・五月二十一日）、「九官鳥の話」（「新潮」一月号）、「初心忘るべからず」（「群像」七月号）、「ユダと小説」（「風景」十二月号）、「聖書の中の女性」（毎日新聞夕刊・十二月十日〜翌年二月四日）

一九六三（昭和三十八）年　四十歳

一月、病気復帰後の最初の長篇「わたしが・棄てた・女」を「主婦の友」（一月号〜十二月号）に連載。三月、町田市玉川学園に転居し、離れを狐狸庵と命名。夏は軽井沢町野沢原の貸別荘で過ごす。十月「午後のおしゃべり」を「芸術生活」（十月号〜翌年十二月号）に連載。このエッセイを後に「狐狸庵閑話」と改題して刊行。十二月、三浦朱門の受洗に際して代父となる。

＊「男と九官鳥」（「文學界」一月号）、「その前日」（「新潮」一月号）、「童話」（「群像」一月号）、「私のもの」（「群像」八月号）、「雑木林の病棟」（「世界」十月号）、「札の辻」（「新潮」十一月号）

一九六四（昭和三十九）年　四十一歳

二月、長篇「爾も、また」を「文學界」（二月号〜翌年二月号）に連載。四月、長崎へ旅行。大浦天主堂近くの「十六番館」で偶然、黒い足指の痕のついた踏絵を見る。夏は軽井沢の貸別荘で過ごす。

＊「私の日記」（「新潮」二月号）、「四十歳の男」（「群像」二月号）、「原民喜」（「新潮」七月号）、「私の書こうとしている戯曲」（「雲」第四号七月）、「ユーモア文学のすすめ」（朝日新聞夕刊・七月七日）、「一冊の本―フランクル『夜と霧』」（朝日新聞・十月四日）

一九六五（昭和四十）年　四十二歳

一月、長篇「満潮の時刻」（「潮」一月号〜十二月号）を連載。四月、書下ろし長篇の取材のため、井上洋治、三浦朱門と長崎、島原、平戸を旅する。その後も長崎を何度も訪れる。この年、上智大学のチースリック教授から切支丹史の講義を受ける。夏は軽井沢の六本辻角の貸別荘で過ごし、そこで『沈黙』の初稿を書き上げる。当初、題名は「日向の匂い」であったが、新潮社からの提案で「沈黙」と題された。六月、自身の留学体験が織り込まれた『留学』が文藝春秋新社より刊行。（第一章・二章は、「留学」（「群像」三月号）、また第三章は前年「爾も、また」から構成）。また十月、病床体験が綴られた短篇集『哀歌』（講談社）が刊行。この年、TBSのテレビ・ドラマの台本「わが顔」が芸術祭奨励賞を受賞する。

＊「雲仙」（「世界」一月号）、「白い沈黙」（「新婦人」三月号〜翌年二月号）、「海と毒薬ノート」（「批評」復刊第一号・四月）、「犀鳥」（「文藝春秋」八月号）、「笑いの文学よ、起これ」（東京新聞夕刊・九月十六、十七日）、「よき先輩梅崎氏」（「群像」九月号）

一九六六（昭和四十一）年　四十三歳
三月、書下ろし長篇『沈黙』を新潮社より刊行。純文学作品としては異例のベストセラーとなる。しかし、キリスト教会の一部からは禁書扱いとなる。四月、成城大学文学部の非常勤講師となり、以後三年間、「小説論」を講じる。五月、『沈黙』の姉妹篇の戯曲「黄金の国」（「文芸」五月号）を発表。劇団「雲」（芥川比呂志演出）により都市センターホールで初演。夏は軽井沢（六本辻）で過ごす。十月、『沈黙』により第二回谷崎潤一郎賞を受賞。
＊「切支丹時代の智識人」（「展望」一月号）、「小説作法と戯曲作法」（東京新聞夕刊・三月十一日〜十二日）、「作家の日記」（「小説新潮」四月号）、「どっこいショ」（読売新聞夕刊・六月九日〜翌年五月十五日）、『さらば、夏の光よ』（前年発表された「白い沈黙」を改題　桃源社）

一九六七（昭和四十二）年　四十四歳
五月、日本文芸家協会理事に就任。八月、ポルトガルで「騎士勲章」を受け、アルブフェーラでの聖ヴィンセント（雲仙の拷問に耐えて長崎で殉教）の三百年祭で記念講演。リスボン、パリ、ローマを廻り、九月帰国。
＊「父の宗教・母の宗教　マリア観音について」（「文藝」一月号）、「狐狸庵閑話」（「小説新潮」二月号〜十二月号）、「『沈黙』フェレイラについてのノート」（日記「フェレイラの影を求めて」と後に改題）（「批評」第七号・四月）、「もし……」（「文學界」七月号）、「ピエタの像」（「勝利」七月号）、「合わない洋服」（「新潮」十二月号）

一九六八（昭和四十三）年　四十五歳
一年間の約束で新年号より十二月号まで「三田文学」の編集長となる。当時の「三田文学」は完売。三月、素人劇団「樹座」を結成し座長となる。第一回公演『ロミオとジュリエット』（紀伊國屋ホール）を上演、自らマキューショー役を熱演。「こりゃアカンワ」（日本テレビ）に連続出演。五月、「聖書物語」を連載（「波」一九七三年六月号まで。五年後に『イエスの生涯』と改題）。この夏から、軽井沢の千ヶ滝に建てた別荘で過ごす。近くに別荘をもつ北杜夫、矢代静一、中村真一郎、大原富枝らと交遊。また、原作『どっこいショ』の映画化「日本の青春」（小林正樹監督）が封切。

＊「影法師」（「新潮」一月号）、「六日間の旅行」（「群像」一月号）、「ユリアとよぶ女」（「文藝春秋」二月号）、「それ行け狐狸庵」（「文藝春秋」五月号～翌年七月号）、「悪魔についてのノート」（「批評」第十二号・六月）

一九六九（昭和四十四）年　四十六歳

一月、矢代静一受洗に際して代父となる。新潮社の書下ろし長篇の準備のため、三田文学の後輩らを連れてイスラエルに行き、一か月間イエスの道をたどり二月に帰国。「母なるもの」（「新潮」一月号）を発表。三月、劇団「樹座」「ハムレット」（紀伊國屋ホール）上演、亡霊役を演じる。四月、アメリカ国務省の招待でアメリカに行き五月に帰国。九月、戯曲「薔薇の館」（芥川比呂志演出）が劇団「雲」により都市センターホールで初演。映画「私が棄てた女」（浦山桐郎監督）が封切。遠藤自身、産婦人科医役として、浅丘ルリ子と共演。

＊「白い風船」（朝日新聞・一月一日）、「死海を訪れて」（東京新聞夕刊・三月三十一日）、「劇と私」（朝日新聞夕刊・九月二十二日）、「薔薇の館」（「文學界」十月号）

一九七〇（昭和四十五）年　四十七歳

三月、テレビドラマ「大変だァ」に毎回ゲスト出演。大阪万博が開幕。阪田寛夫、三浦朱門と共に、基督教館のプロデューサーを務める。四月、矢代静一、阪田寛夫、井上洋治らと共にイスラエルを旅行。十月、大阪万博で基督教館のプロデューサーを務めたことにより、ローマ教皇庁からシルベストリ勲章（騎士勲章）を、阪田、三浦と共に受ける。

＊「弱虫と強者とについて」（「文學界」五月号）、「黒ん坊」（「サンデー毎日」六月二十一日～翌年三月二十八日）、「巡礼」（「群像」十月号）、「ただいま浪人」（東京新聞・十一月二十八日～翌年十月二十八日）、『石の声』（冬樹社）

一九七一（昭和四十六）年　四十八歳

一月、「群像の一人（知事）」を「新潮」に、「群像の一人（蓬売りの男）」を「季刊芸術」に発表。イエスをめぐる群像を描いた連作が開始され、二年半後に『死海のほとり』に結実。十一月、映画「沈黙」（篠田正浩監督）封切り。同月、戯曲「メナム河の日本人」

の準備のため、タイのアユタヤを取材。その後、インドのベナレスに寄り、ガンジス河を訪れ、イスタンブール、ストックホルム、パリ等を廻って帰国。
＊「私の宗教観　二十一世紀宗教の限界を超えて」（「潮」一月号）、「ユダを迎えた闇」（読売新聞・四月十一日）、「群像の一人（アルパヨ）」（「新潮」七月号）、「群像の一人（大司祭アナス）」（「群像」十月号）、「群像の一人（百卒長）」（「新潮」十一月号）、「私が歩いてきた道―私はなぜ小説家になったのか」（「中学教育」十二月）

一九七二（昭和四十七）年　四十九歳

三月、三浦朱門、曽野綾子らと共にローマを訪れ、ローマ教皇パウロ六世に謁見。その後、イスラエルに向かい、四月に帰国。六月、有吉佐和子らと文部省の中教審委員に就任。七月、渋谷区南平台に仕事場を持つ。十一月、日本文芸家協会の常任理事に就任。この年、『海と毒薬』がイギリスで、『沈黙』がスウェーデン、ノルウェー、フランス、オランダ、ポーランド、スペインで翻訳出版。〝違いがわかる男〟でネスカフェのテレビCMにも出演。
＊「群像の一人（続百卒長）」（「文芸」一月号）、「ピエロの歌」（京都新聞他・一月四日～九月四日）、「狐狸庵閑話」（夕刊フジ・一月十八日～五月十三日）、「ローマ法王謁見記（産経新聞夕刊・四月十七日）、「ガンジス河とユダの荒野」（「群像」六月号）

一九七三（昭和四十八）年　五十歳

一月、「群像の一人（奇蹟を待つ男）」（「群像」一月号）を発表。三月、「遠藤周作氏と行くヨーロッパ演劇の旅」でロンドン、パリ、ミラノ、スペインを廻り四月帰国。五月、書下ろしエッセイ「ルオーの中のイエス」（『世界の名画16　ルオーとフォーヴィスム』所収・中央公論社）を発表。六月、「群像の一人」と題して発表された連作短篇七篇を組み込んだ書下ろし長篇『死海のほとり』を新潮社より刊行。十月、『イエスの生涯』（「波」に連載した「聖書物語」を改稿、改題）を新潮社より刊行。同月、戯曲「メナム河の日本人」（芥川比呂志演出）を劇団「雲」により初演（新橋ヤクルトホール）。この年、〝ぐうたらシリーズ〟（『ぐうたら人間学』、『ぐうたら交遊録』など）が百万部突破。
＊「犀鳥」（「文藝春秋」二月号）、「指」（「文芸」十月号）、「口笛をふく時」（日本経済新聞社夕刊・十二月

三日～翌年六月七日）

一九七四（昭和四十九）年　五十一歳

年初、支倉常長の足跡を追って、宮城県の牡鹿半島・月の浦港へ。五月、仕事場を代々木富ヶ谷に移す。七月、『遠藤周作文庫』（全五十巻別巻一）が講談社より刊行開始（一九七八年二月まで）。十月、支倉常長の取材のためメキシコへ。同月戯曲「喜劇　新四谷怪談」（栗山昌良演出）が（劇団「青年座」・渋谷の西武劇場）初演。この年、『おバカさん』がイギリスのピーター・オウエン出版社から出版。

＊「彼の生きかた」（産経新聞・三月十二日～十月二日）、「遠藤周作の勇気ある言葉」（毎日新聞・七月二十七日～翌年十二月二十九日）、「善魔について」（朝日新聞夕刊・十月二十一日）

一九七五（昭和五十）年　五十二歳

年初の冬、支倉常長の取材のため、宮城県旧支倉村を訪ねる。二月、『遠藤周作文学全集』（全十一巻）が新潮社より刊行（十二月に完結）。同月、阿川弘之、北杜夫とロンドン、フランクフルト、ブリュッセルを訪問し、在留日本人のため講演。八月、高橋たか子の洗礼式に出席。この年、『吾が顔を見る能はじ』（北洋社）、『観客席から』（番町書房）などが刊行された。

＊「偽りの宗教使節」（「小説新潮」三月号）、「代弁人」（「新潮」七月号）、「私の「膝栗毛」」（『日本古典文学全集』48月報・小学館）、「砂の城」（「主婦の友」八月号～翌年八月号）

一九七六（昭和五十一）年　五十三歳

一月、評伝「鉄の首枷　小西行長伝」（「歴史と人物」一月号～翌年一月号）を連載。雑誌「面白半分」の編集長を引き受ける（一月号～六月号まで）。六月、小西行長の足跡を追って韓国と対馬を取材、同月帰国。ジャパン・ソサエティの招待でアメリカへ。ニューヨークで講演。十月、文芸誌「季刊創造」（武田友寿編集）の発刊に伴い編集顧問となり、その号に井上洋治著『日本とイエスの顔』についてのエッセイ「日本とイエスの顔」を執筆。十一月、『沈黙』がポーランドのピエトゥシャック賞を受賞。翌月、その授賞式のためワルシャワに行き、アウシュヴィッツの収容所を訪れる。

＊「走馬燈　その人たちの人生」（毎日新聞・二月一日～翌年一月三十日）

一九七七（昭和五十二）年　五十四歳

一月、芥川賞の選考委員になる。二月、劇団「樹座」公演、オペラ「カルメン」にて、エスカミーリョ役を演じ、熱唱。五月、兄正介、食道静脈瘤破裂で死去（五十六歳）。同月、『イエスの生涯』の続篇となる「イエスがキリストになるまで」（「新潮」五月号〜翌年五月号まで）を連載。この年、『イエスの生涯』がイタリアのクエリニアナ出版より刊行。

＊「次々と友人が受洗するのを見て」（「波」一月号）、「ポーランドにて」（東京新聞夕刊・一月十日、十一日）、「アウシュヴィッツ収容所を見て」（「新潮」三月号）

一九七八（昭和五十三）年　五十五歳

一月、ペトロ岐部の評伝「銃と十字架　有馬（セミナリオ）神学校」（「中央公論」一〜十二月号）を連載。三月、劇団「樹座」が初めてのミュージカル「トニーとマリア」を公演（都市センターホール）。六月、『イエスの生涯』（イタリア語版）により国際ダグ・ハマーショルド賞を受賞。この年、『わたしが・棄てた・女』がポーランドのパックス出版社より、『火山』がイギリスのピーター・オウエン出版社より、『イエスの生涯』がアメリカのポーリスト出版社より刊行。また『キリストの誕生』（「新潮」連載「イエスがキリストになるまで」を改題）が刊行。

＊「ひとつの小説ができるまで」（「本の窓　創刊零号」二月号）、「王妃マリー・アントワネット1〈嵐の前〉」（「週刊朝日」一月三日号〜十一月三日号）、「カプリンスキー氏」（「野生時代」四月号）、「王妃マリー・アントワネット2〈嵐の中〉」（「週刊朝日」十一月十日号〜翌年十一月二日号）、「老いの英語学習」（「新潮」十一月号）

一九七九（昭和五十四）年　五十六歳

二月、『キリストの誕生』により第三十回読売文学賞の評論・伝記賞を受賞。同月、山田長政の取材のため、タイのアユタヤに行く。カトリック月刊誌「あけぼの」で連続対談（全百七回）が始まる。三月、芸術院賞を受賞。同月、阿川弘之と香港からクイーン・エリザベス二世号で四十六年ぶりに中国・大連を訪れる。四月、翻訳出版の件でロンドンに行き、パリ、ローマを巡り同月帰国。「王国への道　山田長政」を「太陽」（七月号〜翌々年二月号）に連載。十二月三十一日、書下ろし長篇『侍』を脱稿。この年、『口笛をふく時』が、ロンドンのピーター・オウエン出版社より刊行。

＊「還りなん」（「新潮」一月号）、「ワルシャワの日本人」（「文學界」一月号）、「日本の沼の中で　かくれ切支丹考」（「野生時代」一月号〜六月号）、「クワッ、クワッ先生行状記」（「小説現代」九月号）、「王妃マリー・アントワネット3〈嵐の終り〉」（「週刊朝日」十一月九日号〜翌年七月五日号）

一九八〇（昭和五十五）年　五十七歳

一月、雑誌「面白半分」で遠藤特集「こっそり、遠藤周作」臨時増刊号。三月、上顎癌の疑いで慶應義塾大学病院に入院。蓄膿症の手術を受ける。同じ頃、同病院に遠藤家の手伝の女性が骨髄癌で入院、二十五歳で死去（彼女の死が一つのきっかけとなり、二年後に「心あたたかな医療」キャンペーンが始まる）。四月、書下ろし長篇小説『侍』を新潮社より刊行。五月、劇団「樹座」を率いてニューヨークに渡り、「カルメン」をジャパン・ソサエティで上演。十一月、「女の一生」〈一部・キクの場合〉（朝日新聞）を翌年の二月まで連載。十二月、『侍』により第三十三回野間文芸賞を受賞。この頃、素人を集めたコーラス「コール・パパス」結成。この年、『作家の日記　一九五〇・六〜一九五二・八』が作品社より刊行。

＊「真昼の悪魔」（「週刊新潮」二月二十一日〜七月三十一日号）、「ひと、本に会う　私の読書術」（「朝日新聞」三月二十三日）、「四度目の手術」（「新潮」六月号）、「追悼・河上徹太郎「さむらひ」と「侍」」（「新潮」十二月号）

一九八一（昭和五十六）年　五十八歳

前年から引き続き、高血圧と糖尿病、さらに肝臓病が悪化し、新宿朝日生命病院（成人病研究所）に一時入院。六月、短篇「授賞式の夜」（「海」六月号）を発表。七月、「女の一生」〈二部・サチ子の場合〉（朝日新聞）を翌年二月まで連載。九月、原作『闇のよぶ声』の映画化「真夜中の招待状」（野村芳太郎監督）封切り。十二月、芸術院会員になる。また、遠山一行、三浦朱門らと「日本キリスト教芸術センター」を東京・原宿に設立。

＊「夫婦の一日」（「新潮」一月号）、「私の長崎」（「群像」二月号）、「マザー・テレサの愛」（読売新聞・四月二十一日）「人生楽しむこと」（「小説新潮スペシャル夏号」七月）

一九八二（昭和五十七）年　五十九歳

一月、オペラ「黄金の国」（青島広志作曲）初演。四月、持込原稿「患者からのささやかな願い」が「読売新聞」夕刊に六回にわたって掲載。その後の〈心あたたかな病院運動〉、〈遠藤ボランティアグループ〉へとつながる。六月、遠藤責任編集の『モーリヤック著作集』（全六巻）が春秋社より刊行開始。遠藤は「愛の砂漠」「テレーズ・デスケルー」の翻訳と第三巻の解説を担当。『侍』がイギリスのピーター・オウエン出版社より出版。またこの年、遠山一行・慶子夫妻らと「日本キリスト教芸術センター」において、様々な分野の専門家を呼んで話を聞く例会〈月曜会〉が始まる。

＊「うしろめたき者の祈り」（「海」十月号）、「書斎と書棚」（「群像」十月号）

一九八三（昭和五十八）年　六十歳

七月、素人囲碁の会「宇宙棋院」を黒井千次らと設立。十月、ユングの深層心理学や仏教の阿頼耶識など無意識の問題に触れる長篇エッセイ「宗教と文学の谷間で」（「新潮」翌年十一月まで）を連載（後に『私の愛した小説』と題して刊行）。

＊「六十歳の男」（「群像」四月号）、「元型について」（「文學界」七月号）

一九八四（昭和五十九）年　六十一歳

五月、第四十七回国際ペン東京大会の全体会議で「文学と宗教　無意識を中心として」と題して講演。六月、「にっかつ芸術学院」（後に日活芸術学院と改称）の二代目学院長を引き受ける。十月、「こんな医療がほしい」を「読売新聞」夕刊に四日間連載。

＊「奇蹟」（「オール讀物」一月号）「小林秀雄氏の絶筆」（「波」三月号）、「何一つ無駄ではなかった」（「PHP」四月号）

一九八五（昭和六十）年　六十二歳

四月、イギリス、スウェーデン、フィンランドを旅行。ロンドンのホテルで偶然、グレアム・グリーンに出会う。六月、日本ペンクラブ第十代会長に選任。同月、サンタ・クララ大学から名誉博士号を受ける。カリフォルニア大学のジャック・マリタン&トーマス・モア研究所で講演。

＊「妖女の時代」（「小説現代」二月号～翌年一月号・隔月連載。後に『妖女のごとく』と改題）、「罪と悪と

について」(「中央公論」文芸特集春季号・三月)、『天国のいねむり男』(河出書房新社)、「その夜のコニャック」(日本経済新聞・十二月十二日)

一九八六(昭和六十一)年　六十三歳

二月、代々木富ヶ谷の仕事場を仮住まいにする。三月、書下ろし長篇小説『スキャンダル』を新潮社より刊行。五月、劇団「樹座」の第二回海外公演のためロンドンへ行き、ジャネッタ・コクラン劇場で「マダム・バタフライ」を上演。十月、映画「海と毒薬」(熊井啓監督)封切り。この作品は第十三回ベルリン国際映画祭で銀熊賞を受賞。十一月、台湾の輔仁大学の「宗教と文学の会」で講演。

＊「獄中作家のある形態　サドの場合」(「世界」二月号)、「私の学校　私の先生」(読売新聞・六月二日〜二十三日)

一九八七(昭和六十二)年　六十四歳

一月、芥川賞選考委員を辞任。五月、アメリカに渡り、ジョージタウン大学から名誉博士号を受ける。この夏、北里大学病院に前立腺の治療のため入院し、手術。十月、韓国文化院の招待で訪韓。十一月、『沈黙』の舞台、長崎県外海町(現長崎市)に「沈黙の碑」が完成、除幕式に出席。十二月、目黒区中町に転居。また、加賀乙彦の受洗に際し、代父となる。この年、エッセイ「花時計」(産経新聞)の連載が開始。以後一九九五年三月まで連載され、三七五回に及ぶ(後に『変るものと変らぬもの』『心の砂時計』『心の航海図』『最後の花時計』にまとめられる)。

＊「セカンドレディ」(「週刊新潮」三月二十六日〜翌年四月七日連載。後に『ファーストレディ』と改題)、「背後をふりかえる時」(〈昭和文学全集〉㉑『小島信夫　庄野潤三　遠藤周作　阿川弘之』所収　小学館)

一九八八(昭和六十三)年　六十五歳

一月、『武功夜話』を根本資料とした戦国三部作のはじまりとなる「反逆」(読売新聞・一月〜翌年二月)を連載。二月、女子パウロ会より『遠藤周作と語る日本人とキリスト教』が刊行。四月、ロンドンへ行き、同月帰国。六月、安岡章太郎受洗に際して代父となる。八月、日本ペンクラブ会長として国際ペンクラブのソウル大会に出席。九月帰国。十一月、文化功労者に選ばれる。この年、『スキャンダル』がイギリスのピーター・オウエン出版社より出版。

＊「みみずのたわごと」（「新潮」五月号）

一九八九（昭和六十四・平成元）年　六十六歳

四月、日本ペンクラブ会長を辞任。歴史小説の取材に北琵琶湖の小谷城址をたびたび訪れる。七月、「決戦の時」（山陽新聞他・七月三十日〜翌年五月三十一日）を連載開始。十二月、父常久死去（九十三歳）。この年、〝老人のための老人によるボランティア〟を提唱し、ボランティアグループ「銀の会」発足。『留学』がイギリスのピーター・オウエン出版社より刊行。

＊「老いの感受性」（「文學界」三月号）、「私の履歴書」（日本経済新聞・六月一日〜三十日）

一九九〇（平成二）年　六十七歳

「王の挽歌」を（「小説新潮」二月号〜翌々年二月号）連載開始。二月、書下ろし長篇の取材のためインドを訪問。ベナレスなどを取材し帰国。七月、仕事場を目黒の花房山に移す。八月、創作日記（没後、『「深い河」創作日記』として刊行）を書き始める。九月、「男の一生」（日本経済新聞・翌年九月まで）を連載開始。十月、アメリカのキャンピオン賞を受賞。

＊「読みたい短篇、書きたい短篇」（「新潮」一月号）

一九九一（平成三）年　六十八歳

四月、三田文学会理事長に就任。五月、アメリカに渡り、クリーヴランドのジョン・キャロル大学で開かれた「遠藤文学研究学会」に出席。記念講演をし、同大学より名誉博士号を受ける。帰途、ニューヨークで、マーティン・スコセッシ監督と『沈黙』映画化の件で面会。九月、カトリック東京教区百周年記念で中央会館にて講演。十二月、台湾に渡り、輔仁大学から名誉博士号を受ける。

＊「無鹿」（「別册文藝春秋」春号・四月）、「グレアム・グリーンをしのぶ」（読売新聞・四月五日）、「万華鏡」（朝日新聞・十一月三日〜翌年十月二十五日）

一九九二（平成四）年　六十九歳

九月、書下ろし長篇「河」（後に『深い河』と改題）の初稿を脱稿。上智大学のルネッサンス研究所の国際会議の開会式で「キリシタンと現代」を講演。同月、腎不全と診断され、十月、順天堂大学附属病院に検査入院。糖尿病の進行による眼底出血が見られる。十一月、退院。『深い河』の初稿の訂正に力をそそぐ。この年、ビデオ付き『沈黙の声』（プレジデント社）刊

行
＊「小説技術についての雑談」（「文學界」五月号）、「狐狸庵閑談」（「THIS IS 読売」五月号〜翌々年四月号）

一九九三（平成五）年　七十歳

二月、劇団「樹座」創立二十五年記念公演「オーケストラの少女」（青山劇場）。五月、順天堂大学附属病院に再入院。腎臓病のための腹膜透析の手術。その後、自宅での透析生活に入る。六月、純文学書下ろし長篇『深い河（ディープ・リバー）』を講談社から刊行。十一月、松村禎三作曲オペラ「沈黙」が日生劇場で初演。
＊「ガンジス河で考えた生と死、そして宗教」（「現代」八月号）、「ヨブはなぜ苦しむか」（「新潮45」十一月号）

一九九四（平成六）年　七十一歳

一月、歴史小説「女」（朝日新聞・一月〜十月）を連載開始。『深い河』により第三十五回毎日芸術賞を受賞。四月、『深い河』がイギリスのピーター・オウエン出版社から刊行。同月、原作『わたしが・棄てた・女』をミュージカルにした「泣かないで」が音楽座により東京芸術劇場などにて上演。イギリスで『わたしが・棄てた・女』の英訳が出版。五月、村松剛死去。七月、吉行淳之介死去。
＊『「深い河」をさぐる』（文藝春秋）

一九九五（平成七）年　七十二歳

一月、「黒い揚羽蝶」（東京新聞などの地方紙）を連載開始後、三月二十五日、健康上の理由により中止。四月、順天堂大学附属病院に入院。三田文学会理事長を退任。五月、『遠藤周作歴史小説全集』（全七巻）が講談社より刊行開始（翌年七月、完結）。六月、退院。映画「深い河」（熊井啓監督）封切られ、この作品はモントリオール世界映画祭でエクメニカル審査委員賞を受賞。八月、劇団「樹座」第二十回記念公演「THEオーディション」（国立劇場）にて、舞台から座長挨拶を行う。九月、脳内出血を起こして順天堂大学附属病院に緊急入院。十月、『沈黙』を戯曲化した「沈黙　SILENCE」が劇団「昴」とミルウォーキー・レパートリー・シアターの日米共同制作で公演（アメリカのミルウォーキーと、東京の三百人劇場）。十一月、文化勲章を受章。十二月、退院。
＊「老いて思うこと」（「新潮」一月号）

一九九六（平成八）年　七十三歳

四月、慶應義塾大学病院に検査入院。同月退院。六月、再入院し、腹膜透析から血液透析に替わる。絶筆となった「佐藤朔先生の思い出」（「三田文學」夏季号）を口述筆記。九月二十九日　午後六時三十六分、肺炎による呼吸不全で死去。十月二日、東京四谷の聖イグナチオ教会で葬儀ミサ・告別式。棺には遺志に基づき『沈黙』と『深い河』の二冊が入れられる。司式は井上洋治神父。弔辞は安岡章太郎、三浦朱門、熊井啓。遺骨は府中のカトリック墓地にある遠藤家の墓の母と兄の遺骨の間に埋葬（その後、聖イグナチオ教会に移転）。同年、司馬遼太郎、佐藤朔、ヘルツォグ死去。

一九九七（平成九）年

二月、「三田文學」で遠藤周作追悼特集。三月、パリの書籍見本市で一室があてられる。七月、講演カセット「遠藤周作講演選集」全6巻（アートデイズ）発売。八月、没後に発見された「『深い河』創作日記」が「三田文学」夏季号に掲載。九月二十九日、一回忌「遠藤周作さんを偲ぶ会」に約千二百人が集う。『遠藤周作の世界』が朝日新聞社より刊行。十月、原作『わたしが・棄てた・女』の映画化「愛する」（熊井啓監督）封切り。十一月、劇団「樹座」、座長追悼公演「ラストステージ'97」（芝公園メルパルクホール）を上演。劇団樹座解散。

＊『最後の花時計』（文藝春秋）、『無鹿』（文藝春秋）、『好奇心は永遠なり』（講談社）、『「深い河」創作日記』（講談社）、『心のふるさと』（文藝春秋）、『異国の友人たちに』（小池書院）、『「深い河」をさぐる』（文春文庫）、『女』（上）（下）二巻（文春文庫）

一九九八（平成十）年

四月、世田谷文学館で「遠藤周作展」開催（六月まで）。七月、軽井沢高原文庫で「遠藤周作と軽井沢展」開催（九月まで）。九月二十九日、東京三田の中国飯店で「遠藤周作さんを偲ぶ会」が行われる。

＊『信じる勇気が湧いてくる本』（祥伝社）、『人生には何ひとつ無駄なものはない　幸せのための475の断章』（海竜社）、『愛する勇気が湧いてくる本』（三笠書房）、『ルーアンの丘』（PHP研究所）、『文集　縁の糸』（世界文化社）、『周作塾　読んでもタメにならないエッセイ』（講談社文庫）、『狐狸庵閑談』（PHP文庫）

一九九九（平成十一）年

四月、『遠藤周作文学全集』（全十五巻）が新潮社より刊行開始（翌年七月完結）。五月、「母なる神を求めて―遠藤周作の世界展」が日本橋三越本店及び全国五都市（京都、横浜、静岡、仙台、町田）にて開催（翌年二月まで）。七月、『年々歳々』（PHP研究所）刊行。九月二十九日、この年より「遠藤周作さんを偲ぶ会」は「周作忌」と命名され、東京三田の中国飯店にて行われる。この年以降、「周作忌」は毎年行われる（場所・中国飯店、東京會舘、如水会館など）。

＊『聖書のなかの女性たち』新装版（すえもりブックス）、『生きていくのが楽しくなる　楽天主義のすすめ―狐狸庵閑話より』（青春文庫）、『恋することと愛すること』（PHP文庫）、『最後の花時計』（文春文庫）

二〇〇〇（平成十二）年

五月十三日、遠藤周作文学館が『沈黙』の舞台となった長崎県外海町（現長崎市）の夕陽が丘に完成。「遠藤周作文学館落成記念行事」と外海町の出津教会で「記念ミサ」が行われる。十四日、長崎市のカトリック浦上教会で「遠藤周作とすべてのキリシタンのための追悼ミサ」が行われる。六月、未発表戯曲「サウロ」が「新潮」（六月号）に掲載。七月、遠藤文学愛読者が集う「周作クラブ」発足。

＊『無駄なものはなかった　人生のエッセイ　2』（日本図書センター）、『神と私　人生の真実を求めて』（海竜社）、『新撰版怪奇小説集「恐」の巻』（講談社文庫）、『夫婦の一日』（新潮文庫）、『無鹿』（文春文庫）、『新撰版怪奇小説集「怖」の巻』（講談社文庫）、『深い河』創作日記』（講談社文庫）

二〇〇一（平成十三）年

二月、「周作クラブ長崎」発足。四月、開館一周年記念企画展「作家の書棚より　書き込み本と狐狸庵アルバム」が遠藤周作文学館にて開催（同年十一月まで）。九月、「没後五年、遠藤周作さんを追悼するミサと講演会」が東京麴町の聖イグナチオ教会で行われる。十月、未発表日記「ひとつの小説ができるまでの忘備ノート」が「三田文學」に掲載。

＊『心のふるさと』（文春文庫）、『狐狸庵閑話』（新潮文庫）

二〇〇二（平成十四）年

五月、第二回企画展「遠藤周作の愛した長崎　『沈黙』から『女の一生』まで」が遠藤周作文学館にて開催（二〇〇四年五月まで）。十二月『遠藤周作で読むイエスと十二人の弟子』（とんぼの本）が新潮社より刊行。

＊『自分をどう愛するか』〈生活編〉新装版（青春出版社）、『満潮の時刻』（新潮文庫）、『作家の日記』（講談社文芸文庫）、『生きる勇気が湧いてくる本』（祥伝社黄金文庫）、『信じる勇気が湧いてくる本』（祥伝社黄金文庫）、『愛する勇気が湧いてくる本』（祥伝社黄金文庫）、CD版「遠藤周作講演選集」全6巻（アートデイズ）

二〇〇三（平成十五）年

四月、英国人作曲家J・マクミランによる交響曲第三番「沈黙」がNHKホールで初演。八月、『文藝別冊・総特集・遠藤周作』（河出書房新社）が未発表日記「五十五歳からの私的創作ノート」を収録し刊行。九月、「没後七年・『侍』によせて　朗読と劇」を紀尾井ホールで開催。

＊『わが最良の友　動物たち』（グラフ社）、『自分づくり　それぞれの〝私〟にある16の方法　自分をどう愛するか〈生き方編〉』新装版（青春出版社）

二〇〇四（平成十六）年

三月、『遠藤周作「沈黙」草稿翻刻』（長崎文献社）が遠藤周作文学館の企画により刊行。五月、第三回企画展「遠藤周作　様々なる世界①」が遠藤周作文学館にて開催（二〇〇六年五月まで）。

＊『あまのじゃく人間へ　いつも考え込み自分を見せないあなた』新装版（青春出版社）

二〇〇五（平成十七）年

＊『ほんとうの私を求めて』新装愛蔵版（海竜社）、『フランスの大学生』（新風舎文庫）、『人生には何ひとつ無駄なものはない』（朝日文庫）、『恋することと愛すること』（新風舎文庫）

二〇〇六（平成十八）年

五月、没後十年を記念して「朗読劇『沈黙』」が長崎のNBCビデオホールで行われる。また「遠藤周作とすべての切支丹のためのミサ」が長崎の国宝である大浦天主堂にて行われる。第四回企画展「遠藤周作と長崎　西洋と出会った意味」が遠藤周作文学館にて開催

（二〇〇八年五月まで）。七月、「没後十年記念　復活した遠藤周作と狐狸庵」展が軽井沢高原文庫で開催（十月まで）。八月、四十六年前に書き下ろされた原稿が六月に発見され、『十頁だけ読んでごらんなさい。十頁たって飽いたらこの本を捨てて下さって宜しい。狐狸庵先生の心に届く手紙』が刊行。九月二十九日、「没後十年・遠藤周作さんをしのぶ会」が東京會舘で行われる。「遠藤周作学会」（代表・笠井秋生）設立。十月二十七日、蔵書や遺品の一部が遺族より町田市に寄贈され、町田市民文学館ことばらんどが開館。十一月、原作『王妃マリー・アントワネット』のミュージカル「マリー・アントワネット」（栗山民也演出）が帝国劇場で初演。十二月、特集「遠藤周作没後十年聖なる夜を狐狸庵先生と」（「小説新潮」）発行。その他阿川弘之との未発表往復書簡収録の『狐狸庵交遊録』（河出文庫）、『落第坊主を愛した母』（海竜社）など刊行。

＊『対話の達人、遠藤周作 Ⅰ』（女子パウロ会）、『対話の達人、遠藤周作 Ⅱ』（女子パウロ会）、『考えすぎ人間へ　ラクに行動できないあなたのために』新装版（青春出版社）、『日本紀行　「埋もれた古城」と「切支丹の里」』（知恵の森文庫）、『人生の同伴者』（佐藤泰正共著）（講談社文芸文庫）、『忘れがたい場所がある』（知恵の森文庫）、『人生自ら楽しむ』（知恵の森文庫）、『狐狸庵食道楽』（河出文庫）、『かなり、うまく、生きた』（知恵の森文庫）

二〇〇七（平成十九）年

二月、小学校時代に書かれた詩と作文が恩師久世宗一の遺品から発見され「周作クラブ会報」に掲載。三月、フランス留学時の家族との書簡が多数発見され、八月、そのうちの十四通を「三田文學」に掲載。九月、町田市民文学館ことばらんどで「遠藤周作と Paul Endo 母なるものへの旅展」開催（十二月まで）。

＊『らくらく人間学　逆さまに見れば何んでも面白くなる』新装版（青春出版社）、『狐狸庵動物記』（河出文庫）、『狐狸庵読書術』（河出文庫）

二〇〇八（平成二十）年

五月、第五回企画展「遠藤周作とフランス」が遠藤周作文学館にて開催（二〇一〇年五月まで）。『堀辰雄覚書　サド伝』（講談社文芸文庫）『人生のおへそ　心がすーっとラクになる狐狸庵先生353の言葉』（主婦と生活社）刊行。

二〇〇九（平成二十一）年
二月、マーティン・スコセッシ監督が『沈黙』の映画化のためのキャストオーディションで来日し、シナリオハンティングで長崎を訪れ、長崎市街・外海地区・雲仙などを視察。十一月、遠藤の評論を集めた『遠藤周作文学論集　宗教篇』『遠藤周作文学論集　文学篇』全二巻（加藤宗哉・富岡幸一郎編）（講談社）刊行。
＊『狐狸庵人生論』（河出文庫）

二〇一〇（平成二十二）年
五月、第六回企画展「遠藤周作と映画」が遠藤周作文学館にて開催（二〇一二年五月まで）。八月、講演CD『日本人とキリスト教／自分の知らぬ自分』（新潮社）発売。十月、未発表原稿「原民喜氏の作品について」（「三田文學」）発表。

二〇一一（平成二十三）年
三月、『「われら此処より遠きものへ」草稿翻刻』を遠藤周作文学館より刊行。四月、神奈川近代文学館で「没後十五年　遠藤周作展　二十一世紀の生命《いのち》のために」開催（六月まで）。

二〇一二（平成二十四）年
五月、遠藤周作文学館にて第七回企画展「遠藤周作と長崎　心の鍵が合う街」が開催（二〇一四年五月まで）。
＊『遠藤周作短篇名作選』（講談社文芸文庫）

二〇一三（平成二十五）年
三月、生誕九十年を記念して記念ミサと講演が東京麴町の聖イグナチオ教会で行われる。七月、軽井沢高原文庫で夏季特別展「狐狸庵こと遠藤周作の九十歳を祝う展覧会」開催（十月まで）。
＊『老いてこそ遊べ』（河出書房新社）、『笑って死にたい』（河出書房新社）、『落第坊主の履歴書』（日経文芸文庫）

二〇一四（平成二十六）年
一月、町田市民文学館ことばらんどで「遠藤周作『侍』展　〝人生の同伴者〟に出会うとき」開催（三月まで）。『毅然として死ねない人よ。それでいいではありませんか。遠藤周作の人生観』（海竜社）刊行。五月、第八回企画展「遠藤周作と歴史小説　『沈黙』から『王の挽歌』まで」が遠藤周作文学館にて開催（二〇一六年五月まで）。
＊『私は私、これでよし』（河出書房新社）、『面白可笑しくこの世を渡れ』（河出書房新社）、『男の一生（上）（下）』（日本経済新聞出版社）

二〇一五（平成二十七）年
二月十五日、長崎ブリックホールで「オペラ「沈黙」〈演奏会形式〉」が下野竜也指揮で上演。十月、かごしま近代文学館にて特別企画展「梅崎春生 × 遠藤周作展―交錯する23のカラー」開催（十二月まで）。十二月、墓所が東京府中カトリック墓地から東京麹町の聖イグナチオ教会地下のクリプタに移る。
＊『人生ひとつだって無駄にしちゃいけない　遠藤周作の箴言集』改題再編集版（海竜社）、『明日という日があるじゃないか』（河出書房新社）

二〇一六（平成二十八）年
三月「フランス留学時代の恋人　フランソワーズへの手紙」が「文藝別冊　遠藤周作」増補新版（河出書房新社）に掲載。五月、第九回企画展「刊行から五十年　遠藤周作『沈黙』と長崎」が遠藤周作文学館で開催（二〇一八年六月まで）。六月、ペンネーム伊達龍一郎で書かれた「アフリカの体臭」（「オール讀物」一九五四年八月号に発表）が『『沈黙』をめぐる短篇集』（慶應義塾大学出版会）に収録刊行。八月、「遠藤周作没後二十年・『沈黙』刊行五十年記念大会」と「記念国際シンポジウム」が遠藤周作文学館および長崎のブリックホールで行われる。十二月、映画「沈黙―サイレンス―」（マーティン・スコセッシ監督）が米国で封切り。翌年一月、国際シンポジウムの内容をまとめたブックレット『遠藤周作と『沈黙』を語る』を長崎文献社より刊行。
＊『切支丹の里』新装版（中公文庫）、『哀歌』（講談社文芸文庫 Wide）、『『深い河』創作日記』（講談社文芸文庫）、『鉄の首枷　小西行長伝』（中公文庫）、『人生の踏み絵』（新潮社）、『ヘチマくん』（P+D BOOKS 小学館）

二〇一七（平成二十九）年
一月、『沈黙』の映画化「沈黙―サイレンス―」（マーティン・スコセッシ監督）が日本で封切り。公開十日間で観客動員数三十万人を超える。映画化の影響もあり『沈黙』（新潮文庫）は累計二百万部を突破。遠藤周作文学館で映画公開記念特別展「遠藤周作×マーティン・スコセッシ『沈黙』」開催（六月まで）。七月、「フランス留学時代の恋人フランソワーズへの手紙」を増補した『ルーアンの丘』（ＰＨＰ研究所）刊行。八月、遠藤周作文学館で「マコトフジムラ「沈黙と美」巡礼」展開催（八月末まで）。十一月、『沈黙の声』新装版（青志社）刊行。

＊『人生の踏絵』（新潮社）、『生きる勇気が湧いてくる本』新装版（青志社）、『ウスバかげろう日記　狐狸庵ぶらぶら節』（河出文庫）

二〇一八（平成三十）年

五月、『遠藤周作全日記一九五〇―一九九三』（上下巻）が河出書房新社より刊行。七月、『沈黙』『女の一生』などの歴史的舞台背景となる「長崎と天草地方の潜伏キリシタン関連遺産」が世界文化遺産に登録。遠藤周作文学館の常設展示がリニューアル、生誕九十五周年記念企画展「〝愛〟とは棄てないこと　遠藤周作〝愛〟のメッセージ」開催（二〇二〇年六月末まで）。

二〇一九（平成三十一・令和元）年

八月二十三日、第十四回遠藤周作学会（遠藤周作文学館共催）が長崎市出津地区公民館で開催。翌日、長崎市立図書館で、国際芥川龍之介学会・遠藤周作学会・長崎市立図書館共催大会開催。

二〇二〇（令和二）年

七月、遠藤周作文学館で開館二十周年記念企画展「遠藤周作　珠玉のエッセイ展〈生活〉と〈人生〉の違い」開催（二〇二一年六月末まで）。同館で発見された未発表小説「影に対して」が公開。八月、同作品が「三田文學」に全文掲載。十月、『影に対して　母をめぐる物語』（新潮社）刊行。各誌で取り上げられ、ＮＨＫでも特集番組が放送された。

二〇二一（令和三）年

四月、遠藤周作学会編『遠藤周作事典』が鼎書房より刊行。九月、遠藤周作文学館で没後二十五年記念企画展「遠藤周作母をめぐる旅『沈黙』から『侍』へ」開催（二〇二三年三月まで）。十月、新資料「日記Réflexion（一九六一年九月～一九七四年十月）」が「三田文學」に掲載。単行本未収録作品を集めた『秋のカテドラル　遠藤周作初期短篇集』（河出書房新社）刊行。十一月、『薔薇色の門　誘惑　遠藤周作初期中篇』（河出書房新社）刊行。

二〇二二（令和四）年

二月、単行本未収録作品『稔と仔犬　青いお城　遠藤周作初期童話』（河出書房新社）刊行。三月、前年末に遠藤周作文学館で発見された三篇の未発表戯曲「善人たち」「切支丹大名・小西行長　『鉄の首枷』戯曲版」「戯曲　わたしが・棄てた・女」をまとめた『善人たち』が新潮社から刊行。

＊『フランスの街の夜　遠藤周作初期エッセイ』（河出書房新社）、『怪奇小説集　恐怖の窓』（角川文庫）

二〇二三（令和五）年

三月、遠藤周作文学館で生誕一〇〇年特別企画展「一〇〇歳の遠藤周作に出会う」（二〇二四年十一月まで）開催。長崎市出津教会にて「遠藤周作とすべてのキリシタンのためのミサ」（周作クラブ長崎主催）。六月、三浦綾子記念文学館にて「同時代に生きた作家　遠藤周作と三浦綾子展」（翌年三月まで）を開催。同時代を生きた二人の共通点や相違点を示し、それぞれの文学の特徴を示す。七月、軽井沢高原文庫にて夏期特別展「生誕一〇〇年記念　遠藤周作展　『沈黙』から『深い河』まで」（十月一日まで）を開催。主要作品と仕事場であった軽井沢との関わりを中心に展示が行われた。遠藤周作文学館にて「生誕一〇〇年記念　遠藤周作読書感想文コンクール」を初開催。中学生・高校生からの応募を募り、最優秀賞を授与。鮮烈な恋愛論『現代誘惑論　遠藤周作初期エッセイ』（河出書房新社）刊行。八月、劇団民藝により戯曲「善人たち」が初上演。九月、『沈黙』刊行前の講演録が収録された『ころび切支丹　遠藤周作初期エッセイ』（河出書房新社）刊行。十月、町田市民文学館ことばらんどにて「生誕一〇〇年遠藤周作展　ミライを灯すことば」（十二月まで）開催。今読むべき文学としての意義を提示。『人生を抱きしめる　遠藤周作初期エッセイ』（河出書房新社）刊行。十一月『砂の上の太陽　遠藤周作初期短篇集』（河出書房新社）刊行。

＊『自分をどう愛するか〈生活編〉幸せの求め方』新装版（青春文庫）

二〇二四（令和六）年

八月、『沈黙の声　遠藤周作初期エッセイ』（河出書房新社）刊行。九月、『アラベスケ　遠藤周作初期エッセイ』（河出書房新社）刊行。

＊本年譜・著作目録は、今井真理編「遠藤周作年譜」（『生誕一〇〇年遠藤周作のすべて』二〇二三年三月）を加筆修正しました。著作に関しては、その年の作品のなかから主なものを数篇掲載し、没後は主な出版物（単行本・文庫本）を掲載しました。

＊本書は、左記単行本、文芸誌に収録された解説、評論を大幅に改稿の上、第四章、第六章、第九章を書き下ろしました（単行本は、いずれも河出書房新社より刊行）。

記

『遠藤周作全日記　1950-1993』二〇一八年五月
『秋のカテドラル　遠藤周作初期短篇集』二〇二一年十月
『薔薇色の門　誘惑　遠藤周作初期中篇』二〇二一年十一月
『稔と仔犬　青いお城　遠藤周作初期童話』二〇二二年二月
『フランスの街の夜　遠藤周作初期エッセイ』二〇二二年十一月
『現代誘惑論　遠藤周作初期エッセイ』二〇二三年七月
『ころび切支丹　遠藤周作初期エッセイ』二〇二三年九月
『人生を抱きしめる　遠藤周作初期エッセイ』二〇二三年十月
『砂の上の太陽　遠藤周作初期短篇集』二〇二三年十一月
『沈黙の声　遠藤周作初期エッセイ』二〇二四年八月
『アラベスケ　遠藤周作初期エッセイ』二〇二四年九月
「三田文學」二〇二一年十一月　秋季号
「高原文庫」二〇二三年七月　第三十八号

今井真理（いまい　まり）
一九五三年、東京生まれ。聖心女子大学国語国文学科卒業、同大学院修士課程修了。文芸評論家として、多くの遠藤周作企画展に携わり、また遠藤作品の解説を執筆。著書に『それでも神はいる　遠藤周作と悪』（慶應義塾大学出版会）、共著に『遠藤周作の研究』（実業之日本社）、『遠藤周作『沈黙』作品論集』（クレス出版）等がある。

遠藤周作　道化の涙
――名もなき人の声を聴く

二〇二四年一一月二〇日　初版印刷
二〇二四年一一月三〇日　初版発行

著　者　今井真理
装　幀　鈴木成一デザイン室
発行者　小野寺優
発行所　株式会社河出書房新社
〒一六二-八五四四
東京都新宿区東五軒町二-一三
電話　〇三-三四〇四-一二〇一（営業）
〇三-三四〇四-八六一一（編集）
https://www.kawade.co.jp/

印　刷　株式会社亨有堂印刷所
製　本　小泉製本株式会社

Printed in Japan　ISBN978-4-309-03922-0
落丁本・乱丁本はお取り替えいたします。
本書のコピー、スキャン、デジタル化等の無断複製は著作権法上での例外を除き禁じられています。本書を代行業者等の第三者に依頼してスキャンやデジタル化することは、いかなる場合も著作権法違反となります。

河出書房新社の本

遠藤周作と劇団樹座の三十年

宮辺 尚

遠藤周作が創った最高傑作、素人劇団「樹座」。

それは、市井の人々に生きる喜びと夢を与える聖地だった——。「樹座」誕生から解散までの軌跡を描く涙と笑いの奮闘記！

河出書房新社の本

遠藤周作　おどけと哀しみ

――わが師・狐狸庵先生との三十年

加藤宗哉

盛大な悪戯《イタズラ》。爆笑の渦。迫りくる老いと死を見据えながら、作家は懸命に笑い、懸命に生きた――。遠藤周作と三十年間寄り添った愛弟子が描く、偉大なる作家の素顔！

好評既刊 遠藤周作の本

秋のカテドラル
遠藤周作初期短篇集
『海と毒薬』『沈黙』につながる秘められた幻の短篇十四篇、初の単行本化！

稔と仔犬│青いお城
遠藤周作初期童話
少年と仔犬に迫る残酷な運命の足音。『沈黙』の原点とも言える衝撃作。

現代誘惑論
遠藤周作初期エッセイ
鮮烈な恋愛論と、究極の愛の真理に迫る単行本初収録作品の数々！

人生を抱きしめる
遠藤周作初期エッセイ
生と死、善と悪を見据え続け、導き出された人間の真理、人生の約束。

沈黙の声
遠藤周作初期エッセイ
『沈黙』につながる表題作他、創作体験、文学と聖書に触れた講演録も収録。

薔薇色の門│誘惑
遠藤周作初期中篇
『わたしが・棄てた・女』につながる知られざる中篇二篇、初の単行本化！

フランスの街の夜
遠藤周作初期エッセイ
作家として歩みはじめた若き日々。ユニークな匿名コラム、直筆漫画も収録。

ころび切支丹《キリシタン》
遠藤周作初期エッセイ
若き日に綴られた信仰と文学の軌跡。『沈黙』刊行前の貴重な講演録収録。

砂の上の太陽
遠藤周作初期短篇集
芥川賞受賞直後に書かれた表題作他、遠藤文学の道標となる全九篇。

アラベスケ
遠藤周作初期エッセイ
家族に宛てた新発見書簡五通と、著者二十一歳最初期の表題作を初収録！